女王の結婚（上）

ガーランド王国秘話

久賀理世

二見サラ文庫

Illustration　ねぎしきょうこ
本文*Design*　若杉葉子

CONTENTS

デュランダル王家

◆ウィラード
27歳。エルドレッド王の長男。アレクシアの異母兄。王位継承権のない庶子のため、セラフィーナを籠絡し、伴侶となることで王位簒奪を画策するも失敗、収獄されて処刑を待つ身。

◆セラフィーナ
22歳。エルドレッド王の弟ケンリックの娘。反逆の罪で父が処刑されてからは、長らく西の辺境オルディスにある小夜啼城に幽閉されていた。ウィラードによって解放されるとその野心に乗じアレクシアやディアナを追い落とすことをもくろむが、敗北を悟るやすべては彼の独断によるものと主張して保身をはかる。懐妊のきざしを察し、我が子を手駒に生き延びることを画策する。

◆アレクシア
17歳。エルドレッド王が愛妾リエヌに生ませた娘だが、王妃の子として育てられる。活発な性格でありながら、死に瀕した母に疎まれた過去が心の傷になっていた。おのれが正統な王位継承者ではないことを承知しながらも、エリアス王太子を毒殺した異母兄ウィラードとセラフィーナを反逆者とし、女王として即位する。長いつきあいのガイウスを信頼し、相思相愛の仲となったが、公にはできない状況に苦悩する。

◆エリアス(故人)
9歳没。エルドレッド王の次男。アレクシアの異母弟。次期王に指名されるが、病弱のために宮廷内の派閥争いを招き、ウィラードに暗殺される。

アンドルーズ家

◆ガイウス
25歳。アンドルーズ侯爵家の嫡子。王女の護衛官から女王の近衛隊長に。アレクシアが政略結婚から逃れられないだろうことを理解しながらも、思慕の念をつのらせ、またローレンシア王太子レアンドロスの動向を危惧する。

◆コルネリア
アンドルーズ侯爵夫人。ガイウスの母。宮廷女官時代に、アレクシアの親世代との交流があった。アレクシアの信頼を得て、よき相談役となる。

求婚者たち

◆レアンドロス
28歳。ローレンシアの王太子。黒い焔に喩えられる冷酷な性格。王女時代のアレクシアとの婚約をふりかざし、即位を祝う名目でガーランド宮廷に乗りこんでくる。

◆ヴァシリス
27歳。ラングランドの王太子。エスタニアとの友好を強化する父王の政策に批判的。ラングランドとガーランドを統一して、大陸に対抗するという野望を秘めている。

白鳥座の仲間

◆ディアナ
17歳。王妃メリルローズと王弟ケンリックとの不義の子。アレクシアの従姉妹。出自を知らないまま、アレクシアとの出会いをきっかけに役者の道を歩んでいた。王女とそっくりの容姿に目をつけたグレンスターにより、成り代わりの陰謀に荷担させられるも、最終的にはグレンスター家の遠縁の娘という身分におちつく。

◆ノア
9歳。身寄りをなくし、リーランドに拾われた子役。身分に頓着しない強気で小生意気な態度がめだつが、ディアナのことは姉のように慕っている。

◆リーランド
25歳。役者＆脚本家。少年時代に出奔した実家は、王都ランドールで印刷業を営んでいる。ウィラードに対抗するプロパガンダ作戦のために、疎遠だった父親に協力を仰ぎ、和解する。

グレンスター家

◆アシュレイ
21歳。グレンスター公の嫡子。グレンスター家の陰謀に荷担するが、結果的に窮地に陥ったディアナを救うために命がけでアレクシアを守り、側近として治世を支えることを誓う。

◆グレンスター公（故人）
姉メリルローズの娘ディアナを女王の座につけ、息子アシュレイと結婚させようともくろむも失敗、斬首される。

◆メイナード
家令。主家の信頼も厚く、グレンスター家の本拠地ラグレスにて城内をとりしきる。アレクシア陣営に与するかたちで、王都ランドールへの進軍に貢献する。

◆ロニー
ティナの兄。貿易会社《メルヴィル商会》の倉庫係としての伝手を駆使し、市井に身をひそめたアレクシア陣営に貢献する。

◆ティナ
17歳。ウィンドロー近郊の海岸で、行き倒れたガイウスを発見し、介抱する。港町フォートマスの娼館《黒百合の館》に連れ去られ、のちにガイウスに救いだされた縁でアレクシアの窮状を知り、兄ロニーとともに王都におもむく。

これまでのあらすじ

◆自分とそっくりの、襤褸をまとった物乞いの少女ディアナとの出会いから六年。王女アレクシアはローレンシア王太子レアンドロスに嫁ぐため、護衛官ガイウスを伴い船上の人となっていた。

◆その旗艦が襲われ海に投げ出されたアレクシアは、ガイウスに助けられ見知らぬ浜辺で目を覚ます。しかし運悪く人買いに攫われ、娼館《黒百合の館》へ売られてしまう。

◆一方、地方都市で役者をしていたディアナはグレンスター公に雇われ、いざというときの王女の身代わりとして護衛艦の一隻に乗り込んでいた。旗艦襲撃で王女が生死不明となり役目は終わったかと思えたが、ディアナはそのまま「王女アレクシア」としてグレンスター公の領地ラグレスへ入ることに。

◆娼館からの脱走を試みたアレクシアは売られた少女たちを逃がし、みずからは再び囚われの身に。そこへ現れたのはディアナと同じ《白鳥座》の役者兼脚本家のリーランドだった。ディアナを捜しにきた彼は、機転を利かせてアレクシアを救い出し、この状況の裏に何者かの陰謀があると気づく。

◆ウィンドローの海岸近くに住む少女ティナの介抱を受けたガイウスは、癒えぬ体を押してアレクシアがいるというラグレス城に駆けつける。アレクシアに特別な想いを抱くガイウスは、すぐに王女が替え玉であることを見抜き、彼もまた一連の出来事がアレクシアの異母兄ウィラードとグレンスター家の野心が絡み合ったものであることを悟る。

◆グレンスター家の目的は入れ替えた王女をお飾りとして祭り上げ政治の実権を握ること、ウィラードの目的は王弟ケンリックの息女セラフィーナの王配の地位を得ることだった。

◆そのセラフィーナはウィラードによって《小夜啼城》での幽閉を解かれ、王位継承権を取り戻し宮廷に戻る。替え玉に気づいたセラフィーナは酷似した二人の容姿の秘密をほのめかしてアレクシアの身代わりを続けるディアナを牽制する。

◆ガイウスは王都を離れた隙にグレンスター公によって王女襲撃事件の黒幕に仕立て上げられ、斬首を宣告される。執行直前、刑場の広場に現れ、王女の威光を示しガイウスに恩赦を与えたのは、リーランドとともに王都に潜伏していたアレクシア本人だった。しかし、ガイウスを助命したことでウィラードとアレクシアの対立構図が鮮明になり、宮廷から動けないディアナの身に危険が迫る。

◆窮地を脱したガイウスは出生の秘密を探るため小夜啼城を訪ね、目的を同じくしてやってきたアレクシアと再会を果たす。アレクシアはエルドレッド王が愛妾リエヌに産ませた娘、ディアナは王妃メリルローズと王弟ケンリックの間にできた不義の子だった。セラフィーナは幽閉中にこの事実を突き止めていたのだ。そして、長く病の床についていたエルドレッド王が逝去する。

◆病弱な王太子エリアスは、戴冠式当日に倒れ、王位継承は不首尾に終わる。

◆グレンスター公は証人隠滅のため小夜啼城へ私兵を差し向けてくる。籠城戦の末、グレンスター家の秘書官タウンゼントからエリアス謀殺計画の主犯はウィラードで、戴冠式での急激な体調悪化は毒によるものと明かされる。

◆宮廷では、ウィラードの差配で謀殺未遂の査問を受けたディアナが投獄され、エリアスが王位に就かぬままこの世を去る。

◆僭王阻止にもはや一刻の猶予もないと判断したアレクシアは王都への進軍を決意し、ラグレス城で即位宣言する。

◆王族の僭称教唆の罪に問われたグレンスター公は斬首に処せられた。ディアナも断頭台に上げられるが、兵を率いたアレクシアが現れ、民衆の前で旗艦襲撃から今日までの経緯を詳らかにする。執行に立ち会っていたウィラードとセラフィーナは糾弾され、二人は反逆の罪で捕らえられたのだった。

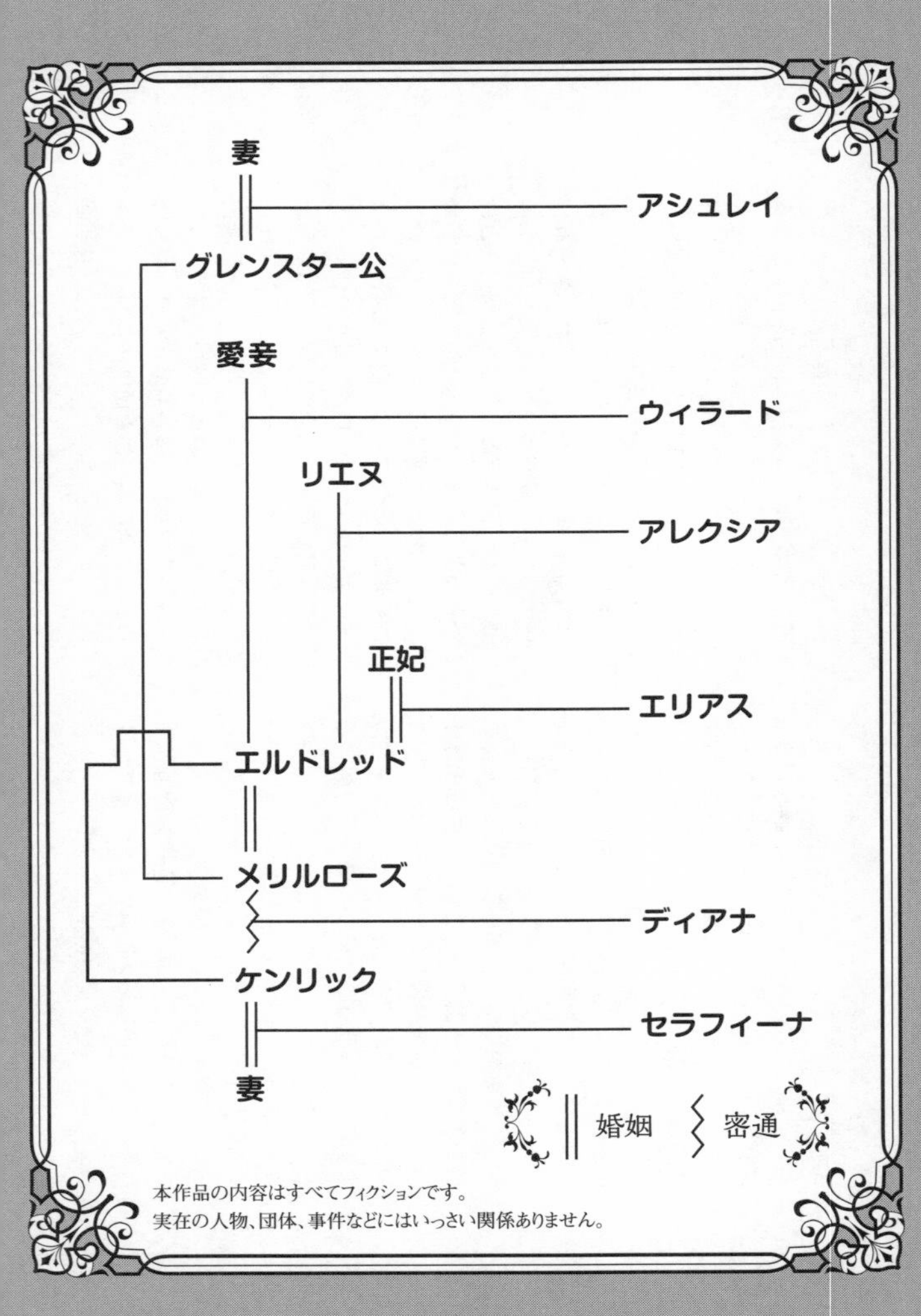

本作品の内容はすべてフィクションです。
実在の人物、団体、事件などにはいっさい関係ありません。

第1章

求婚者が多すぎる。

それが若き女王の目下の煩(わずら)いごとであった。

「よもやこうも我先に名乗りをあげられるとは……」

本日の謁見を終えたアレクシアは、内廷にひきあげながらぼやいた。

ガーランド王国の君主として、輝かしい王冠を戴(いただ)いてからひと月あまり。

アレクシアには国内外の王侯貴族との縁談が、ひっきりなしに舞いこんでいる。

我こそはと宮廷に馳(は)せ参じる者あり。遠地から派遣される使者あり。即位を言祝(ことほ)ぐ書簡にて、みずからの縁戚をさりげなく売りこむ者あり。

もはや流行(はや)りの宮廷作法のごときありさまだが、必ずしも社交辞令ではない——どころかそれぞれに秘めた野心がうかがえるところが厄介だ。

「きみが正統な王位継承者であることを、すでに認めればこその動きだろう。即位までの紆余曲折を考えれば、上々の滑りだしさ」

　冷静になだめたのは、秘書官としてつき従うアシュレイである。

　アレクシアは廻廊を歩みつつ、気疲れもあらわに息をついた。

「面と向かって喧嘩を売られるよりは、ましというものか」

「もっともきみの近衛隊長殿は、心穏やかではいられないようだけれど」

　澄んだ天色の瞳にいたずらな笑みをよぎらせ、アシュレイはいまひとりの随行者をうかがう。

　すると精悍なる《女王陛下の近衛隊長》は、深い紺青の双眸を不服げに尖らせた。

「当然だろう。趨勢は決したとみるやいなや、こぞって勝ち馬に乗るかのごとく姫さまに群がり、ガーランドを意のままに操らんがために伴侶の座まで狙うなど、卑劣にもほどがある」

「なかにはひとめで恋に落ちた御仁もいるようですが？」

「それでいて求婚をためらわないのなら、なおさら無礼きわまりない輩だ。愛のなんたるかを知り、わずかでもおのれをかえりみる者であれば、そのような望みを軽々しく口にはできぬはずだからな」

「説得力のある見解ですね」

「いけないいか？」

「いいえ」

アシュレイは苦笑するが、廊の先にたたずむ衛兵をはばかり、声をひそめた。

「ですがどうかご用心を。あなたがたの親密さが噂の的になれば、ガーランドの行く末にも影響が及びかねません。当座は女王との婚姻を餌にしてでも、国内外の有力者に友好的な姿勢を維持させるのが得策なのですから」

「無論わきまえているさ」

淡然たるガイウスの声音からは、すでに葛藤が拭い去られている。

そうせざるをえない現状にもどかしさといいたたまれなさをおぼえながら、アレクシアも神妙にうなずいた。

アレクシアとガイウスが想いあう仲であることを承知し、その危うさに釘を刺しつつも非難はせずに見守るかまえでいてくれるアシュレイは、すでに頼もしい相談役としてなくてはならない存在だ。

なにしろアレクシアには秘密が多すぎる。

先王エルドレッドの庶子であり、真に正統なる王位継承者ではないこと。

数奇な出生のからまりにより、鏡に映したかのごとき姿の孤児が存在すること。

グレンスター公爵家の策略により、その孤児——ディアナがしばらく王宮でアレクシアを演じていたこと。

グレンスター公は実姉であるメリルローズ妃の娘を玉座に導かんがため、アレクシアを抹殺しようとしたのだ。

その野望はアレクシアの異母兄ウィラードをも巻きこみ、王位継承をめぐる争いは多くの犠牲をもたらした。

とりわけアレクシアを打ちのめしたのは、王太子エリアスが毒に斃れたことだ。

だが身を裂かれるような痛手が癒えるまで、蹲ってやりすごすわけにはいかない。

最愛なる異母弟の死を、姉として嘆き悔やむ心は封印し、ガーランドの女王として生きることを誓ったのだから。

グレンスター公の嫡子であるアシュレイをあえて秘書官に登用したのも、それが治世のためになると判断したからこそである。

しかし寝ても覚めても気の抜けない日々を送るにつれ、いまでは本音を洩らせる貴重な相手のひとりとなっていた。

「さしあたっての試練は、ローレンシアをどういなすかだな」

アレクシアはつぶやき、陳情書の束を腕にかかえたアシュレイをふりむいた。

「そろそろ正式な使者がおとずれてしかるべき時期だが、あちらの出方についてめぼしい情報はないのだろうか?」

「グレンスター家の者が集めた噂では、表敬の名目でガーランド宮廷に使節団を送りこむ動きがあるようだとか」

「それは手強そうだな……」

アレクシアは緑柱石の瞳をくもらせる。

ガーランドの東岸から海峡を越え、大陸の南端を占める大国ローレンシア。

昨夏の終わりのアレクシアは、彼の国の王太子に嫁すために、海を渡っていた。

風に恵まれても半月はかかる旅路になるはずが、輿入れの艦隊が早々に襲撃されたのを発端に、まさしく激動の半年を経て状況は決定的に変化した。

いまや女王として祖国を統治する身のため、遺憾ながらこたびの婚約は白紙にするとの意を、ガーランドはすでに表明している。その点については、入念な交渉にてあらかじめ取り決められていたので、責められる謂れはない。

だがそれで納得するローレンシアではないだろう。

ふたりの婚姻は成立していると主張してのけるか、あるいはなんらかの交換条件を突きつけてくるか。いかに無理筋の要求であろうと、撥ねつけて敵にまわすわけにもいかないのが、頭の痛いところだ。

窓に視線を逃がしたアレクシアは、ふと足をとめた。

暮れかけの空にはらはらと、儚い妖精の翅がひらめいている。

「雪か……」

「あの日もこのような空模様でしたね」

ガイウスがささやき、アレクシアはほのかに笑んだ。

「わたしの人生を変えた出会いだ」

「ディアナの人生をもでは？」

「そうだな」

かつて雪のちらつく冬の日に、アレクシアは王都のさびれた聖堂で、ディアナとめぐりあった。

あれから六年。ふたりの運命はふたたび交錯し、グレンスター家に担ぎあげられたディアナもまた、アレクシアとともに命がけの戦いを乗り越えたのだ。

はるか南の海を透かすように、アレクシアは夕空をながめやる。

「ディアナはどうしているかな。すでにラグレスの地を踏んでいるだろうか」

ディアナとその役者仲間――リーランドとノアは、アレクシアの戴冠を見届けてまもなく王都を離れている。状況がおちつくまで、芝居小屋めぐりの旅でしばらく骨休めをしてはどうかと、アレクシアが提案したのだ。

用心のためにグレンスター家から護衛をつけ、王都住まいのアシュレイに宛てて近況を知らせてくれるよう、ディアナたちとも取り決めてある。

「海が荒れて、フォートマスの港で足どめをされていなければね。じきに次の便りも届くだろう」

みずからもそれを心待ちにしているように、アシュレイは請けあった。

王都を去り、まずは故郷であるアーデンの町に逗留していた一行は、いざ南岸の港からラグレスの町に向かうつもりだと伝えてきていた。

大陸との海峡に面したラグレスは、グレンスター家の本拠地にして、ガーランドの要衝でもある。大都市ラグレスを満喫したのちは、海を渡って異国をめざすことも視野に入れているらしい。

次の行き先をめぐり、三人がやいのやいのと主張しあうさまが容易に想像できて、アレクシアはつい頰をゆるめてしまう。彼らが奪われたものを埋めあわせることはできようもないが、せめて未来に希望を見いだす手助けができたらと願うばかりである。

貪欲に見聞を広めたディアナと、また語りあえる日が来るのが楽しみだ。

そのためにも我が身を恥じずにすむよう、立ちどまってはいられない。

アレクシアがふたたび歩きだそうとしたときだった。

「陛下。女王陛下。どうかお待ちください」

切迫した呼びかけに驚き、アレクシアはふりかえる。

するると宮廷侍医のウォレス師が、こちらにかけつけてくるところだった。

王家の侍医を務めるウォレス一族には、アレクシアも長らく世話になってきた。いまや鬢に白いものも混じりだした現当主が、かつては先代の助手としてアレクシアを診ていた時期から、敬意と信頼は変わらない。

アレクシアは目を丸くして問うた。

「いったいどうなさったのです？」

「ご無礼をお許しください。おそれながら、急ぎ女王陛下のお耳に入れたきことがございまして」

ウォレス師は丁重に詫びるが、こわばった面持ちはいつにない狼狽を押し隠そうとしているようだった。なにやら只事ではなさそうである。

「うかがいましょう」

アレクシアがあらためて向きなおると、ウォレス師はそばに控えるガイウスらに視線を走らせた。人払いを求めたものかどうか、躊躇しているようだ。

「どうぞご安心を。ふたりはわたしの腹心です。どのような機密も、常に彼らと共有して判断をくだすものとお考えください。当然ながらわたしの許しなくして、外に洩れることもありません」

そう誓約をかわしたわけではなかったが、アレクシアは確信をこめて口にする。

はたしてふたりはそれぞれに首肯してみせ、ウォレス師も腹を括（くく）ったようだ。一段と声をひそめてきりだす。

「陛下はご承知でしょうか。デュランダル王家にお仕えする医師として、現在は反逆の罪で収獄されておいでの両殿下のお加減につきましても、適宜わたしが所見を述べるように仰せつかっていることを」

アレクシアはわずかに呼吸を乱れさせた。

あのふたりの存在は、まるで木膚（きはだ）に打ちこまれた楔（くさび）のように、アレクシアを苛（さいな）み続けている。女王として志（こころざし）を高く、まっすぐに背をのばそうとすればするほど、めりこんだ楔が身を裂くように、脈打つ痛みがよみがえるのだ。

そんな葛藤を見透かされないよう、慎重に同意する。

「もちろんです。そのように取りはからったのはわたしですから」

エルドレッド王の庶子であるウィラードは、亡き王弟の娘であるセラフィーナを玉座に導くため、王太子エリアスとアレクシアを謀殺しようとした。

両者の反逆罪はすでに確定し、議会の承認も経て、法的にはアレクシアが死刑執行令状に署名をするのみという状況である。

ただ若き女王の誕生を国をあげて祝す気分が広がるなか、執行はしばし先送りすることとなり、その日を迎えるまでふたりが王族としての尊厳を保てるよう、アレクシアは独房での待遇にもそれなりの配慮を求めていた。

「じつはセラフィーナさまが」

「病に伏せられたのですか？」

「いえ……そうではなく……」

ウォレス師はなぜかくちごもる。そして意を決したように告げた。

「おそれながら、セラフィーナさまにはご懐妊の兆候がみられます。すでに三月を迎えておいでかと」


お腹の子の父親は、ウィラード以外にありえない。

セラフィーナはそう主張しているという。

「あのときすでに、従姉さまはお気づきでいらしたのか……」

なんとか女王の私室までたどりつくと、アレクシアは呆然とつぶやいた。

ガイウスとアシュレイも、それぞれに深刻な顔つきで黙りこんでいる。

「あのときというのは？」

ガイウスが気遣わしげにこちらをうかがう。

その視線を避けるように、アレクシアは目を伏せた。

「戴冠式を控えたわたしが、けじめをつけるべく牢をたずねたときのことだ。あのかたは決然と、ご自分の無実を主張されていた。なにをも恐れていないようなご様子で、不敵なほどのほほえみを浮かべられて」

その様子を想像してか、ガイウスがまなざしを険しくする。

「胎に宿った命を楯に、処刑を免れるかもしれないと読んでいたわけですか」

「しかしそうと知りながら、なぜ黙っていらしたのだろう。待遇の改善を要求なさることもできたはずなのに」

アレクシアが混乱のままにこぼすと、アシュレイが口を開いた。

「発覚が早ければ早いほど、ひそかに始末されることを危ぶんだのではないかな」

「始末とは?」

アシュレイはわずかに言いよどみ、

「つまり……子が流れる作用のある薬を飲ませるとか、心得のある者が直接に手を施すとか。そもそもが命がけの方法だけれど、ある時期を越えるとそうした対処そのものができなくなるというから」

血の気がひいたアレクシアは、たまらず執務机に手をついた。

「姫さま」

すかさずガイウスがかけつけようとする。

それを目線でとめ、アシュレイに問いかえした。

「これまでもそうした非道がまかりとおっていたのだろうか」

「小夜啼城の伝統をかえりみるなら、否定はできないだろうね」

セラフィーナが長く暮らしていた小夜啼城は、質の高い薬草が採れることでも知られているが、その始まりは彼の城に幽閉された貴人たちに、人知れず毒を盛るためであったともいわれている。

国家の安寧のために、あらかじめ禍の芽を摘むという決断も、ときに必要になるのかもしれないが……。

アレクシアは額に手をあて、思案をめぐらせる。

「たしかガーランドの刑法では、身重の女囚が死罪を科されると、出産を終えるまで刑の執行が延期されるのではなかっただろうか」

「そのようですね」

問いの意図をさぐろうとしてか、ガイウスはためらいがちに続ける。

「罪なき魂をも母親の道連れに裁くのは、神の意に副わないという理屈だとか」

「では子を宿していることを知りながら処刑を執行すれば、聖教会から非難の声があがるかもしれないのだな」

「……表沙汰になればですが」

「生まれた子どもはどうなる？」

「詳しくは存じませんが、望む身内に託すか、あるいは名もなき孤児として修道院などに預けられることになるのではないかと」

「名もなき孤児か」

脳裡(のうり)に浮かぶのは、もちろん鄙(ひな)びた修道院で育てられたディアナである。アレクシアの実母の企(たくら)みさえなければ、ディアナは王女として生きていたはずだった。

すかさず待ったをかけたのは、目の色を変えたアシュレイである。

「まさか彼女が産んだ子を、市井に放とうというのかい？」

「もちろんすべてを極秘裡にすませてのことだ」

「だとしても危険すぎる」

とても認めがたいというように、アシュレイは首を横にふる。

「婚外子とはいえ、デュランダル王家の従兄妹(いとこ)同士が結ばれたのなら、血統としては次の玉座にもっとも近い存在になる。もしも出生の秘密が洩れたら、手駒にしようと画策する者らもでてくるだろう。ディアナに執着したグレンスター家が、結果として多大な犠牲を生んだようにね」

「説得力のある見解だな」

ガイウスは先の科白(せりふ)をやりかえし、

「しかしあのおふたりは、本当にそこまでの仲でいらしたのか？」

当然といえば当然の疑惑を投げかけた。お腹の子の父親が、ウィラードだという証拠はない。そのうえセラフィーナは一貫して、ウィラードの陰謀に利用されただけだと訴えてきたのだ。

すべては保身のためか。それとも母親として、なにより子どもの命を優先しようとしているのか。

アシュレイは警戒もあらわに眉をひそめる。

「虚言で状況を操ろうとしていると？」

「きみはどうみる？」

ガイウスに問いかえされ、アシュレイはしばし考えこんだ。

「……彼女は信用なりませんが、ウォレス侍医の診たてが正しければ、真実を述べているのではないかと。その時期はすでに内廷に移られて、私室に近づける者もかぎられていましたから」

慎重に保証したものの、その表情は厳しい。

当時の宮廷では、不在のアレクシアの身代わりを、ディアナが務めていた。

みずからの異母妹でもあるディアナを、セラフィーナがいかに陥れてのけたのか。その容赦のなさを身を以て知るアシュレイは、彼女の思惑をあらためて危惧せずにはいられないようだ。

アレクシアもまた、募る不安を押しこめるように、顔をあげた。

「いずれにしろ噂が広まるまえに手を打たなければ。まずはすぐにもバクセンデイル侯にご相談して――」

「ではぼくが知らせに走ろう」

「どうかくれぐれも内密に」

「もちろん心得ているよ」

アシュレイが身をひるがえす。

その背を見送り、詰めていた息を吐きだしたとたんによろめき、アレクシアはガイウスの腕に支えられた。

「ご気分が？」

「平気だ」

「本当に？」

きまじめな教師のように、ガイウスがこちらをのぞきこむ。

アレクシアは観念し、できそこないの苦笑を頬に浮かべた。

「……そうでもないかな」

「ではおかけになられたほうが」

椅子にうながそうとしたガイウスをとめ、その肩に額をもたせかける。

「このままがいい」

短く告げ、目をつむる。

やがて遠慮がちに、黒衣の腕が背にまわされた。両の翼でつつみ隠すように、ふわりと胸にひきよせられる。心地好い熱にわずかなうしろめたさを溶かされ、アレクシアは力を抜いた。

「ならばお好きなように。お気の済むまで、おつきあいいたしましょう」

からかう吐息にうなじをくすぐられ、アレクシアは首をすくめる。

「そのように安請けあいをして、近衛隊長の務めはよいのか？」

拗ねたように問うと、こともなげにかえされた。

「雑務は有能な副隊長に任せます」

「聞き捨てならない科白だな。職務怠慢だ」

「そのためにダルトン卿を副隊長に推挙したのです」

女王として即位するにあたり、アレクシアは護衛官として六年の歳月をともにすごしたガイウスを、あらためて近衛隊長に任じた。

さっそく隊の人選に取りかかったガイウスは、まずは王太子エリアスの護衛官であった
「このままでいい」

ダルトン卿を登用し、その助言を仰ぎながら、女王の身辺警護を担うにふさわしい人材を吟味したという。

慣例として容姿端麗な高位貴族が優先されがちなところを、武人としての腕と品行方正さを重視した人選は、のっけから少々の物議をかもしたが、所詮は若造であるガイウスを壮年のダルトン卿が率先して支えることで、反発をうまく躱(かわ)しているようだ。

「この務めばかりは、どなたにも譲れませんからね」

「わたしの我がままに従うことをか？」

「いけませんか？」

「いけない」

「え？」

意外そうなガイウスの肩に、アレクシアは額を押しつけた。

「おまえに許されると、幼子のようにとめどなく甘えてしまいそうだ」

「子守唄をご所望なら、善処いたしますが」

「やめておこう。悪夢に苛まれそうだ」

アレクシアはくぐもった笑いを洩らす。不穏に渦巻く胸のざわめきを、他愛無い軽口に紛れさせてしまいたかったのだ。しかしそれも長くは保たなかった。

「子守唄」

ぽつりとつぶやいたアレクシアは、衝かれたように続ける。

「あのとき従姉さまは子守唄をくちずさんでいらした。麗しいほほえみを浮かべ、ひどく愛おしげに、小夜啼城に伝わる古の唄を……」

「姫さま。あのかたの悪意に呑まれてはなりません」

身を離したガイウスが、アレクシアの両腕をつかんで視線をあわせる。

「生かすも殺すも、いずれ姫さまが苦しまれることを見越し、あえてそのようなほのめかしで毒を放たれたのです」

「毒を……」

「慈悲をかければ姫さまを脅かす存在となり、そうでなければ罪の意識に苛まれることになる。そんな姫さまの清廉さにつけこんだ、悪辣な意趣晴らしでしょう」

アレクシアは目を伏せた。

「……毒ならばわたしも持ちあわせている。わたしがなにより危惧したのは、あのかたの扱い次第で、女王の偶像が崩れ去るかもしれないことだ。慈悲と寛容の女王など、とんだ笑い種だな」

慈悲と寛容。

それがアレクシアの統治にあたり、枢密院との協議のうえで掲げた方針だ。

うら若き女王の即位は、想像をはるかに超える熱狂とともに迎えられたが、それは王位継承をめぐる奇跡的な逆転劇がもたらした僥倖(ぎょうこう)であろう。

絶体絶命の状況を、土壇場でくつがえしてみせた。その鮮やかな印象が、アレクシアの導くガーランドの未来に希望をいだかせたのだ。

つまりは幻想である。

だからこそその偶像を壊すようなふるまいは、慎重に避けなければならない。

反動としての不満や不信を生みかねない期待は、すでに諸刃(もろは)の刃(やいば)となってアレクシアを縛(いまし)めつつあった。

するとガイウスがアレクシアの片頬に手をさしのべた。

「ならばわたしもその毒を呑みましょう」

「おまえが？」

「このように」

とまどうアレクシアの顎を上向けるやいなや、ガイウスはおもむろに身を伏せる。そのままくちびるをかさねられ、アレクシアは目をみはった。

「ん……」

冷えたくちびるを、柔らかな熱に愛おしまれて、たちまち鼓動が跳ねあがる。

摘みたての花弁を食(は)むようなガイウスの無心さに、アレクシアは息を継ぐのもままならず、じきに頭がぼうとして膝から崩れ落ちそうになったところを、いつのまにか腰にあてがわれていた腕に支えられた。

「なぜ……急にこんな」

ガイウスの胸に両手をつきながら、アレクシアは喘ぐように問うた。

かすんだ視界に、いたずらな紺青の瞳が浮かんでいる。

「美酒のような毒だ」

「…………」

アレクシアは絶句する。

まさかこの男――口移しで毒を共有するなどという理屈を捏ねるつもりか。

いつもはきりりと禁欲的に結ばれたくちびるが、甘やかな笑みをたたえている。

たまらず頬を染めたアレクシアは、自分でもそれを意識してますます赤くなった。

「わ、わたしはまじめな話をだな――」

息も絶え絶えに抗議するアレクシアを、ガイウスはしばし楽しそうにながめやっていたが、不意に笑みを消すと、あらためてその華奢な肢体をだきしめる。

「許しは請いません」

「な……んだと」

困惑するアレクシアの耳許で、ガイウスはささやきかける。

「姫さまのお苦しみは、わたしが共に背負います。迷いも怒りも、焦りも哀しみも、なにもかも」

アレクシアははっとする。

「ガイウス」

「ですからどうか、おひとりきりで重荷に耐えようとはなされませんよう」

祈るようにかきいだかれ、アレクシアはもがくのをやめた。

「……知ったような口を利くのだな」

「君主としての重圧がいかばかりのものかは、わたしごときにはわかりかねます。しかし僭越ながら、姫さまがめげておいでかどうかくらいは足音ひとつ、息遣いひとつでも察しがつきますから」

それはひたすら理想の君主を演じ、選択を誤らないことに必死でいるいまのアレクシアが、もっとも欲していた言葉だったのかもしれない。

誰もが女王としてのアレクシアを求めていても、ガイウスだけは鎧の奥に閉じこめた魂の声に耳を澄まし、呆れも咎めもせずに受けとめてくれる。それがどれだけ心強い支えであることか。

とはいえまんまと弱気を見透かされたのが気恥ずかしくもあり、

「それもなんだか不気味だな」

ついかわいげもなく茶化してしまうが、ガイウスはそんなことすら織りこみ済みのように、余裕に満ちた微笑をかえした。

「毒のあるくちびるですね」

「……口移しなどしないからな」

「ならばまたの機会を狙いましょう」

悪びれもせずに宣言されて、アレクシアはくらくらとする。

むしろ毒を注ぎこまれたのは、こちらのほうではないのか。

なぜならアレクシアのくちびるは、いまだ火花の名残り(なごり)に痺れ(しび)、四肢に散った火照りが鎮まる様子もないのだから。

ラグレスの地を踏むのはこれが二度めだ。
半年まえは、荒海に投げだされた王女アレクシアの身代わりとして。
そのアレクシアは艱難辛苦(かんなんしんく)を乗り越え、いまや女王として即位し、解放されたディアナは本来の気ままな身分で、ふたたびラグレスの港に降りたっている。
黄昏(たそがれ)の岸壁にそびえる無骨な城塞を、一市民として港から仰いでいると、かつてあの城で息をひそめるように暮らしていた時期が、夢のようでもある。

「ディアナ。頭巾を忘れてるぞ」

リーランドはそう声をかけるなり、ディアナが背に垂らしていた毛織の頭巾を、ひょいと頭にかぶせた。

「おまえの髪はひとめを惹(ひ)くからな。用心のために隠しておいたほうがいい」

「ん……そうね。気をつけなきゃ」

ディアナは神妙にうなずき、波打つ黄金の髪を頭巾に押しこんだ。

「そういえばこの町では、大勢の市民がアレクシアの出陣を見送ったのよね」

「とはいってもそのほとんどが、せいぜい沿道からほんの一瞬だけだろうけどな」

それでも騎馬のアレクシアの颯爽(さつそう)とした姿が、鮮やかに脳裡に焼きついている者もいるかもしれない。めだつふるまいは、できるだけ避けるに越したことはないだろう。

するとと港の雑踏をながめていたノアが、しびれをきらしたように訴えた。

「それで今夜の宿はどうするんだ？　おれもう腹ぺこなんだけど」

「あたしも！」

すかさずディアナも便乗し、

「あいかわらずだな、おまえらは」

リーランドは呆れながら榛色(はしばみいろ)の髪をかきあげ、いまひとりの道連れをふりむいた。

一行の護衛としてあてがわれた、寡黙な大男のクライヴである。

「この町はきみの主のお膝元だ。なにか意向があるなら従うが？」

「家令のメイナードさまが、私邸にておもてなしの用意をなさっておいでです。お望みのかぎりご逗留いただいてかまわないと」

「おれたち三人ともか？」

「もちろんです」

リーランドと同年輩ながら、あくまで敬語を崩さないクライヴは、おちついた青丹の瞳を伏せた。

「しかしもしもお気が進まないようでしたら、ふさわしい宿にご案内するようにとも申しつけられております」

ディアナたちが王都のアシュレイとやりとりする裏で、クライヴもまたグレンスター家と独自に連絡を取りあっているのだ。

いきなり行方をくらませるのではないかと警戒されている気もするが、いざというときのディアナの身の安全を確保するため——ひいてはそれがアレクシアの安心にもつながると説かれて、信用することにした。

なにしろグレンスターはアレクシアを暗殺しようとしただけでなく、ディアナにとっては家族も同然である《白鳥座》の者たちの命をも、無慈悲に奪っている。

それはアシュレイの与り知らぬことであり、クライヴにしても処刑台のディアナを救いにかけつけた騎兵のひとりではあるが、ぶつける先のない怒りや哀しみは、いまだ癒えたとはいえない。

「どうする?」

リーランドがこちらをうかがう。

ノアはそっけなく横を向いた。

「ディアナに任せる」

「おれもだな」

ふたりに選択を委ねられたディアナは、わずかな迷いをふりきり、クライヴにうなずきかえした。

「お世話になるわ。ちゃんとメイナードさまにお会いして、お伝えしなきゃならないことがあるから」

ラグレスで水揚げされる舌鮃は、とりわけ美味で知られているという。

なんでも海峡の荒波に揉まれることで、身の弾力が増すのだとか。

メイナード邸で饗された舌鮃のムニエルは、ぷりぷりの身をかみしめるごとに浸みだす旨味と、芳醇なバターと檸檬の香りがあいまって、まさに絶品の味わいだった。

他にも港町らしく、新鮮な海老や鱈などの魚料理を堪能し終えたところで、メイナードが城からかけつけてきた。

初めての船旅ではしゃぎすぎたのか、すでにうとうとし始めていたノアは先に休ませてもらい、ディアナたちはあらためて応接室にて、老年にさしかかりつつある家令と向かいあった。

壁にかけられたタペストリーが、勇ましい古式の海戦を描いているのが、いかにも武門の臣らしい。ここラグレスの地は、古より国土防衛の要として《ガーランドの鍵》と呼ばれてきたのだ。

メイナードと顔をあわせるのは、ディアナが王都のグレンスター邸に身を隠していたとき以来だ。苦楽をともにした主を亡くしてまもなかったためだろう、当時は幾分やつれた風情だったが、今夜のまなざしの強さから衰えは感じない。

若き当主アシュレイから大切な領地を任されていることが、彼にあらたな活力を与えているのかもしれなかった。

「旅路にご不自由はありませんでしたか？」

メイナードはあくまで丁重にディアナを扱う。

彼にとってのディアナは、亡きグレンスター公の姪であり、ガーランド王女として生きていたはずの娘なのだ。

慈愛すら感じるまなざしを注がれたディアナは、演じることのできない役柄を期待されるもどかしさといらだち、わずかなせつなさに胸をきしませる。

「お気遣いありがとうございます。おかげさまで楽しい旅を満喫しています」

「しばらくアーデンの町に滞在しておられたとか」

故郷の名をだされたとたん、息が乱れる。

それでも意を決して、ディアナは告げた。

「死んだ《白鳥座》の仲間たちと、これまでお世話になった町の人たちにも、ちゃんとお別れをする時間が必要でしたから」

「ディアナさま」

たまらず呼びかけたきり、メイナードは悄然と頭を垂れる。やがてあらためて襟を正すと、真摯に申しでた。

「グレンスター家の所業を償うことはかないませんが、もしも一座を再建なさりたいのでしたら、支援は惜しまない所存です。どのようなお望みでもあなたがたのお力になるようにと、若さまからも仰せつかっておりますゆえ」

「それはもういいんです。そうよね？」

ディアナは肩越しに、生き残りの同朋をうかがった。

リーランドは用意された席にはつかず、暖炉にもたれて腕を組んでいる。

否応なくつながれたグレンスター家との縁に、これからどう向きあっていくのか。彼はあくまでディアナの意志を尊重し、見守る姿勢でいることを表明しているのだ。

それでもメイナードの視線を受けとめ、リーランドは口を開いた。

「箱を新調できたとしても、町に愛された《白鳥座》がよみがえることはありませんね。おれたちも未練がないわけじゃありませんが、芝居ならどこでもできます。仲間の死をひきずりながらあの町にしがみつくよりは、新天地をめざしますよ。未来ある若手ふたりのためにもね」

ディアナも同意をこめてうなずく。

しかしメイナードの双眸には、無念の残滓がちらついているようで、ディアナはいたたまれなくなる。

「そういえば——」

ディアナはいまこそとばかりにきりだした。

「アーデンでは、アレクシアからの頼まれごともかたづけてきたんです」

「とおっしゃいますと?」

「アレクシアと一緒にフォートマスの娼館から逃げだした女の子たちが、いまはアーデンで暮らしているのをご存じですよね。当面は王都を離れるのも難しいアレクシアの代わりに、あたしがその子たちをたずねました」

アレクシアと面識のある三人娘は、当然ながらディアナの姿に驚くだろう。しかし地元の町で、始終ひきこもっているわけにもいかない。そこでアレクシアの遣いとして、預かりものを届けに出向くことにしたのだ。

「承知しております。女王陛下の旗章をそろえるにあたって、彼女たちの手も借りましたから。たしか縁者の織物商に身を寄せているとか」

「はい。熱心な働きぶりで、町の暮らしにも馴染んだ様子でした」

クライヴからの報告で、メイナードもそこまでは把握しているようだ。

「縁あってアレクシアの身代わりを務めていたことを伝えると、三人は手放しであたしを歓迎してくれました。気になることはたくさんあっただろうに、あたしの素姓を穿鑿することもなしに」

そして夜を徹する勢いで語りあった。

処刑台にかけつけたアレクシアが、いかにして市民の心を動かしたか。

娼館に囚われたアレクシアが、いかにして娘たちを逃がそうとしたか。

《黒百合の館》での経緯については、すでにアレクシアからも聞いていたが、いざ当事者の口から伝えられると、その壮絶さに言葉をなくさずにいられなかった。

「知りあっていくらもたたない女の子を助けるために、とっさに自分を切り捨てるなんてことができるのは、アレクシアだけです」

王女と平民。生まれも育ちも異なる娘たちが、アレクシアを戦友と呼んでためらわないのも納得だ。

「それでこそガーランドの女王にふさわしい器だとは思われませんか?」

だから愚かな入れ替えなど、ゆめゆめ目論(もくろ)んでくれるな――。

無言のまなざしに、ディアナはゆるぎない訴えをこめる。

しばし身動きひとつせずに対峙(たいじ)していたメイナードは、

「さようでしょうな」

目を伏せ、かみしめるようにうなずいた。

すでに夢と散った野望を、あらためて打ち砕くためにディアナはやってきた。

グレンスター公が世を去ったいま、せめてその忠臣であるメイナードにみずから告げておかなければ、気がすまなかったのだ。

これでようやく終わらせることができる。

終わらせて、手を取りあうことができる。

目的をひとつ遂げたディアナは、ちいさく息をつく。

そんなディアナをみつめ、メイナードはしみじみとささやいた。

「これからの女王陛下にとって、あなたはさぞ心強い支えとなるのでしょうな」

ディアナは照れ隠しに肩をすくめる。

「一番はあの無愛想な護衛官でしょうけど」

「はは。いまは近衛隊長を務めておいででしたな」

「アレクシアからの便りでは、隊の人選に手こずっていたらしいとか。見栄えのする面子(メンツ)をそろえると、愛しの姫さまが心を移してしまうんじゃないかって、ひそかに悩んでいたんじゃないかしら」

「誰しも気苦労が絶えないようで」

メイナードは気の抜けた笑いを洩らす。

ディアナはうなずき、身を乗りだした。

「だからあたしは、この旅もできるだけアレクシアのために活(い)かしたいんです」

出立を控えたディアナに、アレクシアは語っていた。はからずも市井に身を投じたことで、自分は多くを学んだ。だがそれすら広い世界のほんの一部のありさまにすぎないことに、めまいをおぼえるようでもあると。

旅を終えたらぜひ土産(みやげ)話を聞かせてほしいと、ほがらかに送りだされたが、それは彼女の切実な望みではなかったか。宮廷暮らしの息苦しさ心許(こころもと)なさは、ディアナも身を以て味わったばかりだ。

「そのために王都にいてはわからないような情報を積極的に集めて、アレクシアの目と耳の代わりになったらどうか――というのはリーランドの受け売りですけど」

「ほう?」

　メイナードは興味を惹かれたように、壁際のリーランドをうかがう。

　わずかに鋭さを増した顔つきから、要衝を治める一族の気概を感じたのか、リーランドは腕を解いて進みでた。

「グレンスター家はかねてより、独自の情報網を築いておられますよね? 伝令鳩を駆使した迅速なやりとりが姫さまの……アレクシア王女の即位にも貢献したと」

「及ばずながら、そのような評価をいただいている」

「集めた情報を、こちらの若さまが陛下のために役だてるつもりでいることも?」

「もちろん承知しているとも。戦乱の世ならともかく、いまやデュランダル王家とグレンスター家は一心同体だからな」

「なら話は早いですね」

　暖炉の焔を映した銀鼠の瞳が、琥珀のきらめきを宿らせる。

「素人のおれたちに隠密のような真似はできませんが、どうせならそちらの人材が手薄なところに旅をして、陛下のお役にたてたらと考えたんです。子ども連れは怪しまれにくいものですし、クライヴがついていればどこにいても安心ですから」

「なるほど。それは一理あるな」

　さすが人気の若手役者だけあり、朗々とした語りには、相手を乗り気にさせる説得力がある。

決して顔だけの男ではない。

……そこが妙に鼻につくところでもあるのだが。

メイナードがディアナに目を向ける。

「どこかご希望の地などはございますか？」

「ええと……ノアは大陸に興味があるみたいです」

「するとまずは、海峡を挟んだエスタニアでしょうか」

「そうですね。あちらは料理がおいしいそうなので、いろいろ試してみたいって」

「ディアナさまはいかがですか？」

「あたしも興味はあります。お芝居が盛んで、衣裳なども洗練されていることで知られてますから。ただ……」

ディアナはくちごもり、小声で白状した。

「いきなり海峡を越えるのは、すこし抵抗があるんです。あたしは向こうの言葉がわからないので、仮にはぐれでもしたら大変なことになるかもしれないって」

まさにその言葉のせいで、ディアナの身代わり生活は破滅を迎えたのだ。アレクシアがあたりまえに習得しているはずの異国語が理解できなかったために、ウィラードに正体を悟られたのである。

あのときの絶望感がよみがえるせいで、どうしても不安が増しているという自覚はあるのだが。

「でしたらエスタニアは、当面およしになられたほうがよいでしょう。ウィラード殿下と手を結んだエスタニア貴族の処遇について、現在あちらとは揉めておりますから、急激に情勢が悪化することも考えられます」

ディアナははっとする。

「もしかしたら戦争になるかもしれないってことですか?」

「両国ともそれは避けたいところでしょうが、たがいの面子もありますし、国内も一枚岩ではありませんからな」

「大変なんですね……」

その難しい処理に、まさしくアレクシアが直面しているわけだ。

たとえ枢密院や議会の意向に従うというかたちであろうと、結果の責任を負うのは君主のアレクシアになる。

その重圧たるや、いかばかりのものか。

いまこそガイウスには、おのれの存在意義を発揮してもらいたい。あれだけ恋い焦がれた、愛しい姫さまのそばにいられるのだから、全霊でアレクシアの支えになってくれなければ。

メイナードはしばし思案したのち、提案した。

「ではラングランドの都に向かわれるのは？」

「ラングランドの……たしか海峡沿いの港町でしたよね？」

「古都ロージアン。ラグレスからは海路で三日ばかりでしょうか。交易船が頻繁に行き来するにぎやかな都市ですから、長の滞在でもお楽しみいただけるはずです。商船経由の噂では、新設されてまもない立派な円形劇場が、連日盛況のようだとか」

「それは気になります！」

ディアナはたちまち顔を輝かせる。

ラングランドの公用語は、ガーランドと同じくエイレン語である。

海峡を挟んで大陸に面するエイレン島を、両国は南北にほぼ二分しているのだ。

北の辺境では、いまだ古い部族の言葉が使われているともいうが、都ならば少々の訛(なま)りを感じるくらいで、会話に困ることはないだろう。

これならノアの同意も取りつけられそうだ。

しかしリーランドは用心深くたずねた。

「治安のほうはいかがです？」

「城下は比較的安全であると」

その言いまわしに、リーランドは片眉をあげる。

「つまり城内はきな臭いわけですか？」

「さすがに察しがつくか」

メイナードはわずかに口許の髭をふるわせた。打てば響くリーランドの鋭敏さを認めたのか、いくらか腹を割ったようにきりだす。

「どうやらラングランド宮廷では、王位継承をめぐる緊張が高まっているようだ。王太子の暗殺未遂が、内密に処理されたらしいという情報もある」

ディアナはたまらず身をこわばらせる。

「暗殺未遂……」

「表向きはいまだ平穏だが、些細なきっかけで内乱が勃発しかねない。しかもガーランドの選択如何で、その行く末が左右されるかもしれないという状況だ」

「どういうことですか？」

ディアナは不安もあらわにたずねる。

するとメイナードは神妙に問うた。

「ディアナさまは、ラングランドの王位継承者をご存じですか？」

「たしか腹違いの王子がふたり……長子のヴァシリス王子と次子のエドウィン王子がいらして、どちらも正統なお生まれだから、順当にヴァシリスさまが王太子として認められているんですよね？」

アレクシアの身代わりを務めるにあたり、大慌てで詰めこんだ知識だが、どうにか記憶にひっかかっていた。

齢二十七のヴァシリスは心身ともに壮健で、未来の君主としてこれという難はないはずだったが……。

「そのとおりです。しかしエドウィン王子が成長されたことで、風向きが変わってまいりました」

齢十三のエドウィンは、エスタニアから嫁いだ王女クロティルドを母とする。

そして幼いころの病がちも影をひそめたいま、エスタニアをうしろ楯としたエドウィンの支持者が、すでに有力な一派をなしているのだという。

「近年ラングランドがエスタニアと同盟を深めていたのは、そのためです。当座の利益のためか、インダルフ王も静観なさっているようで」

対するヴァシリスの亡き母ウィレミナは国内貴族の娘にすぎず、むしろ外戚としてのさばる一族を排斥したがっている者も多いとか。

つまり現在のヴァシリス王太子には、まともな味方がいないのだ。

そしてガーランドの王位継承争いをかんがみれば、たとえ正統な王太子といえど、その地位は安泰とはいえないだろう。

「そこでです」

メイナードはおもむろに声を落とした。

「有力なうしろ楯のないヴァシリス王太子は、みずから女王陛下に求婚をほのめかす書簡を送られたようで」

ひと呼吸おいて、ディアナは目をみはる。

「それってアレクシアのことですか？」

「あいにくながら」

しばし啞然としたディアナは、ヴァシリスの思惑にたどりついて、あらためて眉をひそめた。

「つまりガーランド女王との結婚で、形勢の逆転を狙っているんですね？」

「あるいは婚約をとりつけるだけでもと、お考えかもしれません」

「そんなのって身勝手すぎません？」

「王族の結婚とは、元来そのようなものでありますから……」

憤然とするディアナに、メイナードがたじたじとなる。

そこにリーランドが冷静な意見を投じた。

「だが女王陛下としても、彼と組むことに意義がないわけじゃない。正統な王太子が蔑ろにされている状況を黙認すれば、おのれの正統さも揺らぐことになるんだからな。あれだけの継承争いを乗りきったばかりだからこそ、隙を生みたくはないはずだ」

メイナードは深刻な面持ちでうなずく。

「しかしその選択は同時に、エスタニアを敵にまわすことにもなる。加えてすでに婚約を結んでいるローレンシアも、黙ってはいないだろう」

「そんな……」

ディアナは呻かずにいられない。

想像しただけでも、頭をかかえたくなる状況だ。

「だったらアレクシアは、いったいどうするべきなんです？」

「そうですな……求婚者は次から次と湧いてくるでしょうから、慎重に吟味したいと態度を保留しつつ、いざというときの決断が手遅れとならぬよう、ラングランドの情勢を注視しておくのが賢明かと」

はたとディアナは顔をあげた。

「そのための目と耳が必要なんですね？」

「さようです。グレンスターでも懇意の貿易商などから情報を仕入れていますが、こちらの手足となる者を送りこむまではなかなか。ですのでこれを機に手を広げることを、王都に進言いたしましょう」

「ぜひあたしたちにも協力させてください。観察は演技の基本ですし、役者修業のつもりで励めば苦にもなりませんから」

「それは頼もしい」

気負うディアナを、メイナードはしばしながめやる。

そしてどこか眩しげにほほえんだ。

「不思議なものですな。あなたはわたしの知るグレンスター家のどなたとも、似ておいでではないようだ」

あまりに当然の感慨を、いまさらのように吐露されて、ディアナはとまどう。

しかしそれこそようやくメイナードが血の面影を追うのをやめ、ディアナをひとりの娘として認めだした証なのかもしれなかった。

そしてふと考える。ディアナの生みの母――メリルローズ妃の為人や、かつての行状について、メイナードはこちらが問うままに語ってくれるだろうか。

だがその気づきをとっさには扱いかねているうちに、

「夜も更けてまいりましたな。そろそろお休みいただかなければ」

メイナードは話をきりあげ、ふたりを客室まで送るべく燭台を手にした。

「明日からはどうぞご存分に、ラグレスの町を満喫してくださいますよう。ラングランド行きの支度は、そのあいだに当家でととのえましょう。あちらは寒さが厳しいので、毛皮の外套も必要ですね。ラグレスには北方の荷も豊富にそろっておりますから、ふさわしい防寒具をご用意できるでしょう」

「北からの船来品ですか?」

「ご興味がおありで?」

「はい。それにアーデン暮らしの三人にも、地方ではあまりお目にかかれないような品があれば、ぜひ送りたいんです。あたしはアレクシアからの預かりものを渡しただけだったので、なにかお礼ができたらって」

ありがたいことに旅の資金は潤沢である。布地の扱いに長けた彼女たちは、どんな品に興味を持つだろう。三人が喜んでくれれば、アレクシアの意にも添うはずだ。

「では当家でお預かりし、責任をもってお届けいたしましょう」

「そうしていただけるとありがたいです。もっとも——あたしがどんなにめずらしい品を選んでも、アレクシアからの預かりものには敵わないでしょうけど」

「なにか特別な褒賞を託されたのですか?」

「というより友情の証でしょうか」

「ほう?」

ディアナはほのかに笑んだ。

「ローレンシア産の上等な石鹸をひと山ですよ」

「朗報と悪報がございます」

朝一番で女王の執務室にかけつけるなり、バクセンデイル侯はそう告げた。

左右それぞれの手には、届いてまもないらしい書状が握りしめられている。

アレクシアは目を丸くし、執務机から腰を浮かせた。

かたわらのアシュレイをうかがうと、

「ぼくはどちらからでも」

すでに腹を括ったようにささやきかえされる。朝から心臓に悪いが、あとまわしにしたところで、報せは消えてなくなりはしないのだ。

アレクシアは老練な宰相に向きなおった。

骨ばった相貌はあいかわらずいかめしいが、君主としての務めには不慣れなアレクシアを、真摯に支えてくれている。

王太子エリアスの後見として、王位継承争いではアレクシアと敵対すらしたものの、姉を慕っていたエリアスの強い遺志ゆえか、いまではみずからの孫の成長を見守るような心持ちでもいるようだ。

「朗報からにいたしますか？」

君主にふさわしからぬ怯えをまんまと見透かされたようで、アレクシアは少々恥じらいつつ、こくりとうなずいた。

「……そう願います」

「ではまずはエスタニアからの報せを」

バクセンデイル侯は左手の書状をかかげた。

「女王陛下の持参品を積んだ海賊船を、エスタニア近海で拿捕したそうで。かくなるうえは、接収した積荷を速やかに献上するのが道理であろうと」

アレクシアはおもわず眉をひそめる。

「拿捕？」

「体面を保つべく、それで押しきろうという腹でしょうな」

いかにも白々しいというように、バクセンデイル侯も鼻を鳴らしてみせる。

ローレンシアへ輿入れするアレクシアの随行団に、ガーランド近海で奇襲をかけ、高価な持参品を艦ごと根こそぎ奪い去ったのが、ウィラードと組んだエスタニアの武装商船であったらしいことは、取り調べでもすでに浮かびあがっている。

その財はとうに散逸しているか、あるいはエスタニア王の懐にもいくらか流れているのかもしれないと勘繰っていたが、しばらく手をださずにいるだけの用心深さは持ちあわせていたらしい。

そしてどこぞに隠していた荷を、あたかも偶然の経緯で発見したかのごとくさしだしてきたというわけか。

アシュレイもすっかり理解の及んだ面持ちで、

「つまりエスタニアはその財を身代として、こちらで勾留している自国民の解放を求めているのですね」

端的に状況をまとめた。

アレクシアは視線をあげ、

「厚意には厚意を期待して？」

「おたがいに潮時だと踏んだのではないかな。きみなら承知するはずだとね」

「慈悲と寛容の女王なら——か」

そこにつけこまれていると、国内の強硬派は不満をいだくかもしれない。エスタニアの責任は追及できず、奪われた艦まで取りかえせるわけでもないのだ。

しかしアレクシアにはまさしく朗報である。

結婚が宙に浮いたがゆえに、ローレンシアとの友好にも不安が生じているいま、エスタニアとの関係を決定的にこじらせたくはない。譲歩できる機会は逃さず、貸しにしておくのが賢明なはずだ。

アレクシアはバクセンデイル侯に向きなおる。

「異邦人を極刑に処すことは、わたしも避けたかった。しかし彼らを野放しにするわけにもまいりません。陰謀に連座したエスタニアの者は身分の上下を問わず、ことごとく国外追放とする——その条件で手を打つというのは？」

「妥当なところでしょうな」

心なしか上機嫌に、バクセンデイル侯は首肯した。

譲ってはならないだろう一線を、アレクシアがしかと見定めたことに、満足をおぼえたのかもしれない。

「ではさっそくにも交渉にかかりましょう」

「頼みます」

難儀していた異邦人の扱いに、望ましい解決の道が与えられ、おまけにほぼ諦めていた持参品の数々まで取り戻せるかもしれない。

アレクシアは知らず声を弾ませる。

「これでいくらかでも出費の埋めあわせができるだろうか」

いそいそと洩らしたとたんに、アシュレイが驚きをあらわにした。

「まさか持参品を売りにだすつもりなの？」

「だめだろうか？」

「きみこそそれでいいのかい?」

「手放すには惜しい一級品ばかりだが、あれらはガーランドの栄華をローレンシアの宮廷に誇示するためにそろえられたものだ。もはや嫁ぎ先のないわたしには、必要ないだろうから」

「ただ飾っているよりは、金貨に換えたほうが有意義だと?」

うなずきかけたところで、アレクシアは遅ればせながら気がついた。

「たしか持参品の選定では、グレンスター公が骨を折られたのだったな。気を悪くしたのなら……」

「まさか」

アシュレイは即座に首を横にふる。たしかにグレンスターは、その持参品を賊に横取りさせるつもりでいた。バクセンデイル侯がいるため口にはできないが、その罪をかみしめるまなざしで、アシュレイは続けた。

「そういうことなら持参品の後始末を、あらためてグレンスター家に任せてはもらえないかな? それぞれの品についての詳細な記録も残っているし、できるかぎり高い値で捌(さば)くことができるはずだ」

それを贖罪(しょくざい)の一環にしたいというアシュレイの意志を感じ、アレクシアは目顔で承知を伝えた。

「グレンスター家が交渉に乗りだしてくれるのなら、わたしとしても安心だ」

「せいぜい公爵家の権威をふりかざして、値を吊りあげてみせるよ」

まんざら冗談でもなさそうな意気に、アレクシアは苦笑する。

「大いに期待させてもらおう。なにしろすでに国庫は空に近いというのに、出費はかさむばかりだ」

華やかな戴冠式に続き、ランドール市民をもてなす大規模な祝宴に、王宮での晩餐会や舞踏会。それに国内外の貴人が表敬訪問と称し、続々とガーランド宮廷に押しかけてくるため、たびたび夜会を催さないわけにはいかないのだ。

宮廷がにぎわうのは、ガーランドにとって悪いことではないのだが、余裕のなさを露呈してはむしろ悪評が広がりかねない。

「遠方からの客人は、これからもしばらくは途絶えないだろうからな……」

そのひとりひとりがいずれ敵にも味方にもなりうることを考えれば、アレクシアとしても気の抜けない日々が続きそうだ。

するとバクセンデイル侯がきりだした。

「じつはその客人の件で、よろしからぬお報せが」

アレクシアはどきりとする。朗報に心を浮きたたせていたが、肝心の悪報が残っていたのだ。

「……うかがいましょう」

「かねてより噂されていたローレンシアの動きですが、表敬の使節団を派遣する旨の正式な通達を、駐在特使のカナレス伯が受けられたそうです。やむをえず解消されたご婚約についても、申し入れたきことがあると」

「やはりそうなりましたか」

長年の交渉を経て、ようやくまとまった婚約を反故にしたのはガーランドのほうであるからには、ローレンシアの思惑がどうあれ、真摯に対応する必要がある。

婚礼の準備に対して、なんらかの埋めあわせをすることなどで、当座の落としどころをさぐらなければならないだろう。

アレクシアは覚悟を新たにするが、それで終わりではなかった。

「しかもどうやら王太子みずからおいでになるそうで」

「！」

息を呑んだきり、アレクシアは絶句する。

アシュレイもみるまに表情をくもらせて、

「レアンドロス殿下まで乗りこんでこられるか」

危惧もあらわに洩らすと、バクセンデイル侯は苦々しく頰をゆがめた。

「ガーランド女王の夫の座は、誰にも譲らないという決意のあらわれであろうな。まともな交渉のできる冷静さがあればよいのだが」

アレクシアは瞳に不安を浮かべる。

「殿下はさほどにお怒りなのだろうか」

「というよりも執着を増されているのではないかと」

「執着？」

「ええ。すでに妻にしたも同然のつもりでいた姫君に、いまや求婚者が殺到しているさまをまのあたりにされ、自分の女に手をだす不埒な輩は蹴散らさんとばかりに……こ、これはとんだご無礼を」

我にかえった侯があたふたと詫びる。

アレクシアも気まずさに目を伏せた。

「いえ……」

しかし下世話な邪推も、まったくの的はずれではないのかもしれない。

十も年嵩の婚約者――レアンドロス王太子は黒い焔のような男だった。冷え冷えとした驕りと、底知れぬ野心を秘めたような黒曜石の双眸は、ひどく印象に残っている。

顔をあわせたのは一昨々年の一度きり。当時すでに愛人も複数いたらしいレアンドロスが、アレクシアとの対面に感興をそそられた様子はなかった。

そんな異国の王族には、たしかに恋着よりも執着の念が似あいだろう。

いずれにしろ彼がガーランドを意のままに操ろうとするかぎり、あらためて婚姻を結ぶことなどできはしない。

「あのかたの野心を、うまく躱すことができるだろうか」

「もちろん我々が一丸となり、あらゆる手を尽くしてお支えいたします」

力強く請けあったバクセンデイル侯だが、

「ただしひとつ気がかりが」

声を落として進言する。

「なんです?」

「女王陛下からは色好い反応を期待できないと悟ったレアンドロス殿下が、代わるお相手に目をつけられるかもしれません」

「他の国の王女に?」

「そうではなく……」

アレクシアが首をかしげると、侯は意を決したように告げた。

「おそれながら獄中のセラフィーナ殿下です」

「え……」

アレクシアはまたも言葉をなくした。

アシュレイも唖然と目をみはり、

「まさか反逆者である彼女を擁して、王権を転覆しようというのですか？　ローレンシアの軍勢を率いて？」

「いかにも」

「そんな馬鹿な。ありえません！」

アシュレイは狼狽に声をうわずらせる。

アレクシアはその袖に手を添えながら、

「そうともかぎらない。わたしの即位はあまりに性急だったし、従姉さまは陰謀との関与を否定されている。わたしを簒奪者とみなせば、彼女こそが正統な継承者であると主張することもできよう」

「アレクシア」

その脅威を認識したであろうアシュレイが、ぎこちなく唾を呑みこむ。

実際のところ、エルドレッド王の庶子であるアレクシアは、真に正統なる王位継承者ではないのだ。関係者の証言以外に証明する手段はないものの、その秘密をセラフィーナは知っている。もしもそれがレアンドロスの耳にまで入れば――。

アレクシアもじっとしてはいられず、よろめくように机を離れた。

バクセンデイル侯は気遣うまなざしを向けながら、

「もちろんわずかな懸念ではあります。しかしどのようなかたちでも、もはやガーランド

王家との婚姻が叶わないとなれば、そうした逆転の一手に賭けるという選択もありうると

お伝えしておきたかったのです。ことにレアンドロス王太子は、あのような油断のならな

いおかたですから」

「そうですね……」

なかば上の空でアレクシアはうなずく。

ガーランドの国土を荒らすことにも、レアンドロスなら抵抗はないだろう。たとえ内乱

を呼ぼうと、強攻策に走ることをためらう理由はない。

アレクシアはしばし執務室をさまよった。

未来の危機を避けるためにできるのは、ふたりが接触する機会をなくすことだ。

やがて足をとめたアレクシアは、まっすぐに侯をふりむいた。

「使節団の到着まで、いかほどの猶予がありますか？」

「すでにあちらを発っていれば、半月足らずでしょう」

「セラフィーナ従姉さまの現在のご様子は？」

「お変わりないようです」

「護送の手配は？」

「万事ととのえております。あとは陛下のご署名をいただくのみです」

「ではのちほど書類を」

アレクシアは鳩尾に両手を組み、息を吸いこむ。

「ガーランド女王アレクシアの名において、反逆者セラフィーナの小夜啼城への幽閉を命じます」

「――御意」

バクセンデイル侯は頭を垂れた。

さっそく部屋を辞そうとして、ふと窓に目を向ける。

呼子のごとく吹き抜ける冬の風に、木々の梢が激しく揺れていた。

「しばらく荒れそうですな」

「まさかあのふたりが恋仲になるなんてねえ」

舷縁にもたれたディアナは、ふふと口許をゆるめた。

「若きガーランド女王アレクシアと、若きグレンスター公アシュレイ。たしかにお似あいだけど」

《メルヴィル商会》の快速艇は、順調にガーランドの東岸沿いを北上していた。

国境が近づくにつれ、風の冷たさが増してきたが、上等の外套を誂えてもらったので気にならない。前回の船旅ではひたすら船室にこもっていたので、今回は大海原の景色までしっかり満喫したかった。

ディアナにつきあい、リーランドも甲板にあがってきた。

「しかし驚かされたよな。姫さま命の護衛官の存在が、あそこまでかすむとは」

「そこはどうしたって、ご領主の一族を贔屓(ひいき)したくなるんじゃない？　実際どの日の公演でも、お客は大喝采だったし」

「たしかに急ごしらえの舞台にしては、そう悪い出来でもなかったが」

「それって負け惜しみ？」

からかうディアナを、リーランドは肩をすくめて受け流す。

「そういうおまえも、あれこれ注文をつけたそうだったじゃないか」

「だってあまりにも実情とかけ離れてるんだもの。当事者としてはいちいちひっかかってしかたないのよ」

「おれだってむず痒(がゆ)くなったさ」

それでも芝居と割りきれば楽しむこともできたのだから、演者も含めて魅力のある舞台だったのだろう。

一行がしばらく滞在したラグレスの町では、なんとアレクシアの即位を題材にした芝居が盛況を博していた。

それは王太子エリアスの暗殺容疑で投獄されたアレクシアが、アシュレイによって救いだされ、ふたたびアシュレイの決死の援護によって王都までたどりつき、グレンスター公の悲劇的な死を乗り越えて、ガーランドの未来をともに支えることを誓いあう——という展開であった。

芝居を生業とする者らしくもなく、初回は先入観を吹き飛ばす流れをなんとか追うのに精一杯だった。

しかし回をかさねるにつれ、主役級の心情の移り変わりと、緊迫した状況をからめる妙に感心し、いかにもらしくない言動との落差もまた、楽しめるようになった。

グレンスター公が斬首される瞬間だけは、毎回どうしても目を背けずにいられなかったが、そこに王女がかけつけ、観客が「待ってました！」「女王陛下万歳！」と割れんばかりの大歓声をあげるとき、ディアナはひとりしんとした高揚につつまれていた。

「あの場面がくるたびに、不思議な気分がこみあげたわ」

まなうらに舞台の光景を思い浮かべ、ディアナは反芻する。

「処刑台で目隠しをされて、もう終わりなんだって悟りながら覚悟を決めることもできなくて、ただただ声にならない悲鳴をあげるしかなかったあたしのありさまを、ラグレスの観客の隣で追体験することになるなんて」

この世のなにもかもから見放されたようなディアナの絶望に、大勢の民が共感し、命を救われるのを固唾を呑んで待ち受けている。

その一部始終をくりかえしまのあたりにすることで、なにかが身の裡から洗い流され、赦されるような心地になったのだ。

「それにあの演出も上手かったわよね。処刑台にかけあがったアレクシアが、お客を王都の民に見立てて語りかけるところ。沸いたお客が鎮まるまで、しばらくかかるのを計算に入れて、荒い息をととのえる演技に生かしてたじゃない？」

リーランドも印象に残っていたのか、こだわりなく同意する。

「たしかにあれには感心させられた。いまこの地での上演だからこそ、最高に活きるやりかただろうな」

「そうね。アレクシア役はあの長い沈黙で、グレンスター公を救えなかった無念をも表現してた。そこから公の死を決して無駄にしないっていう演説に続けるところが、わかってるなって」

グレンスター家のお膝元ラグレスでは、公の犠牲を昇華しなければならない。

善し悪しはどうあれ、この町ではなによりそれが求められ、人気の一座としても期待に応えたということなのだろう。

ラグレスには異国の商人も数多く逗留しているため、王都からの情報を補強する格好の材料にもなりそうだ。

アレクシアの暮らす王都に、ディアナも想いを馳せる。

「いまごろ向こうでは、どんな芝居がかかってるのかしらね」

「王位継承の顚末に色恋をからめるなら、そこはどうしたって姫さまと不屈の護衛官の絆が主眼になるんじゃないか？」

「そうよねえ。ガイウスが喜びそう」

「ひそかに劇場に通いつめてたりしてな」

「ありえるわね」

ふたりは人の悪い笑みをかわしあう。

「でも実際のところ、あのふたりが結婚するのは難しいのよね？」

「らしいな」

リーランドは舷縁に肘をつき、

「有力な公爵家をさしおいての結婚となれば、国内貴族からの反発は必至だろうし、とりたてて旨みもない。ガーランドの未来を考えれば、異国の王族との婚姻で同盟を揺るぎないものにするのが一番だ」

「アレクシアならそれを望むはずだっていうの？」

「いますぐではないにしろな。そのときのためにも、群がる求婚者たちを無下に扱うわけにはいかないのさ」

「嫌でもその気があるふりをしなきゃならないのね。辛そう」

「一途な親衛隊長さまにしたって、それを誰より近くで見守り続けることを強いられるんだ。おれとしては同情を禁じえないね」

リーランドはしみじみと気の毒がっている。

逆にディアナはいささか冷めた心地になり、

「それは幸せな悩みじゃない？　そもそもはローレンシアの王太子妃になるのが決まっていて、二度と会えなくなるはずだったんだから」

加えてあれだけの試練に見舞われたことを考えれば、生き永らえてそばにいられるだけでも万々歳ではないか。

勢いづいたディアナは、魔女のようにほくそ笑む。

「身代わり役のあたしを、さんざん虚仮にしてくれたんだもの。せいぜい心労で禿げ散らかせばいいわ」

「恐ろしい女だな……」

「ふん」

とばっちりを恐れるかのように、リーランドはそろそろと髪をなでつける。そしてちらとディアナをうかがった。

「姫さまたちの心境を気にかけるのはいいが、自分についてはどうなんだ？」

「あたし？」

「グレンスター家の若きご当主は、おまえに気があるんだろう？」

「！」

不意をつかれ、おもわず身を退いたとたんに危うくひっくりかえりそうになったところを、リーランドに腕をつかまれて命拾いする。

「おいおい。大丈夫か？　いくらなんでも動揺しすぎだろう」

「ち、違うったら。水気で足がすべっただけよ」

「気をつけてくれよな。おれはおまえを追って真冬の海に飛びこんでも、助けられる自信はないぞ」

「……そんなへまはしないわよ」

もそもそと言いかえし、ディアナは両手で舷縁を握りなおす。

「アシュレイとのことは……なんだか本気で考える気になれなくて」

「奴が信用できないのか？」

「いまの彼の気持ちに、嘘はないんだろうとは思うの。だけどあまりにも生きてきた世界が違うものだから……」

「真正面から受けとめるのも、ためらいがあるわけか」

「そんなとこ」

「だけどおまえは、れっきとしたグレンスター家の姫なんだろう？　身分なら釣りあってるし、グレンスターの縁者としておまえを庇護できるようにしたいからって、メイナードさまも正式に養子になるよう勧めていたじゃないか」

しかし結局のところディアナは、グレンスター家と縁続きになるという選択を、いまだ保留にさせてもらっている。

そうせずにはいられなかった理由を、なんとか言葉にしようと、ディアナは視線をさまよわせた。

「そもそもあたしは、まだ自分の生まれを認めきれていないのかもしれない。ラグレスでもその気になれば、生みの母についてメイナードさまにたずねることもできたのに、そうする勇気はでなかったもの」

「メリルローズ妃のことをか？」

ディアナはうなずいた。白い吐息が、横薙ぎに吹き流されてゆく。

「代々続く家令の息子なら、娘時代のことも詳しく憶えていそうだから」

「だろうな」

「知ってしまったことは忘れられない。だからなにか取りかえしのつかないことで、自分が変わってしまうのが怖かったのかも。そんなのいまさらなのにね」

ディアナはぎこちなく笑い、肩をすくめる。

するとリーランドは、うねる海原に向かってささやいた。

「肉親の過去を知るのは、誰だって怖気づくものさ」

「そうなの？」

「そうさ。だから焦ることもないだろう」

迷わず肯定する声がいとも優しげで、ディアナの胸は不覚にもさざなみだつ。

なぜだろうか。長らく忘れていた気がする。

リーランドはいつだって、本当にディアナがしょげているときは、こんなふうにさりげなく、竦んだ魂をほぐしてくれたものだ。

素直にそう受けとめられるだけ、自分も相手に心を預けていたということだろう。

おそらく——もうずっと昔から。

「どうした？」

我にかえると、怪訝そうなリーランドと視線がかみあった。

ディアナはあたふたと、波飛沫に目を向ける。

「……なんでもないわ」

そういえばリーランドの生いたちについても、こちらから熱心な興味を持ってたずねたことはなかった気がする。

アレクシアの即位に、リーランドの父親が貢献してくれた経緯を知り、納得しながらも新鮮な驚きを感じたのは、彼が《白鳥座》という家とあたりまえに結びついた存在だったためである。

だから過去など必要なかったし、こだわりたくもなかった。

それはディアナにとっての《白鳥座》が、残酷な転機に幾度も追いつめられたあげくにようやくつかんだ、安住の地であったからだろう。

その過去の始まりと、否応なく向きあわされることになったいま、近しい相手に対するディアナの意識もまた、変化のときを迎えているのかもしれない。

情に篤く頼りになるが、女扱いに長けた自信家で、ときにはっとするような才気で惹きつけてやまない男。

そんな余裕綽々のリーランドに、ディアナが生意気にも対抗するやりとりをおたがいに楽しんでいたはずが、それだけではものたりないなにか——望みの芽が疼くような予感に、ディアナはとまどいをおぼえる。

けれども——。

「焦ることはないのよね」

「そうさ。気の済むまで存分に待たせてやればいい」

ディアナは声なき笑いを冬空に弾ませる。

「そうね。そうさせてもらうわ」

第2章

「完璧な装いです」

　女官のタニアはいかにも惚れ惚れと請けあった。

　アレクシアの頭飾りから裳裾まで、幾度も視線を走らせながら力説する。

「柘榴と常盤にゆらめく玉虫織のお召しものが、いとも気高く神秘的でございます。しかも光の加減でときおり黄金色をも孕むさまが、陛下の艶やかな御髪ともあいまって、あたかも身の裡から輝きを放っているかのようですわ」

「そうだろうか……」

　どれだけ褒めたたえられても、アレクシアの不安は拭えない。

　なにしろこれからまもなく、ローレンシア王太子レアンドロスとの謁見に出向かなければばならないのだ。

「むしろ両国の縁談について、ガーランドが玉虫色の態度を取ることを示唆しているように受け取られる恐れもあるのでは？」

「そんなことはございませんよ」

二十歳のタニアは、しっかり者の姉のようにアレクシアをなだめる。

宮廷女官としては新参ながら、おちついた物腰で親しみやすく、熱意にきらめく榛色の瞳が魅力的な娘だ。

「御身を飾る宝石はむしろ控えめに、小粒の金剛石（ダイヤモンド）でそろえているさまは謙虚さと誠実さをうかがわせるはずです。ガイウスさまだって、王太子殿下との謁見にふさわしい装いだとお感じでしょう？」

同意を求め、タニアは窓際のガイウスをふりかえる。近衛隊長として使節団との謁見に立ち会うため、女王の私室まで様子をうかがいにきていたのだ。

アレクシアも気になり、そちらに向きなおった。

「おまえの印象はどうだ？」

「わたしは女人の装いに精通してはおりませんので」

「かまわない。忌憚（きたん）なきところを知りたいんだ」

「では率直な所見を」

「うん」

「おそれながらそのお姿は、王太子殿下との謁見には不適切ではないかと」

おもいがけず真剣な忠告に、アレクシアは驚かされる。

「なぜ」

「姫さまのあまりの麗しさの虜となり、あらゆる手を尽くして我がものにせんとする悪心を呼び覚ますきっかけになるやもしれません」

しばしぽかんとしたアレクシアは、遅れてくちびるをわななかせた。

「お、おまえはまじめくさった顔で、なにをとぼけたことを……」

「深刻な懸念をお伝えしたまでです」

あくまで本気らしい面持ちに、アレクシアは頬が赤らむのをとめられない。

「だいたい、ここにはタニアもいるというのに」

「彼女はすでに事情を心得ておりますから」

「だからといって、恥じらいはないのか？」

「かまうなと姫さまが仰せになりましたので」

「言ってない！」

髪を逆だてる勢いで反論するが、ガイウスは怯みもしない。

荒い息をつくアレクシアに、タニアがひそひそと耳打ちした。

「どうかわたしのことはおかまいなく。あるときは家具のように、あるときは隠密のように、おふたりの貴重な逢瀬をお守りするのが、わたしの務めですから」

おっとり不敵にほほえまれては、脱力するしかない。

「……いつも気を遣わせてすまないな」

「とんでもありません。それにわたしの働きには、コルネリアさまも期待をかけておいでしょうから」

アレクシアは神妙にうなずいた。

「とてもよく仕えてくれていると、わたしからもお伝えしておこう」

「まあ。お心遣いありがとうございます」

「感謝するのはわたしのほうだ」

女王として即位するにあたり、アレクシアは内廷を預かる臣の処遇についても考えねばならなかった。

ウィラードのそば仕えは宮廷からさがらせ、侍従長と女官長についてはひとまず留任としたが、肝心なのはアレクシアの身のまわりの世話を誰に任せるかだ。

王女時代に近しく接していた女官たちの多くは、ローレンシア行きの随行団に加わったがために、不運にも命を落としている。

しかし女官長の推挙する者を、無条件で信用することもできない。

そこでガイウスの母コルネリアに助けを求めたのだ。どのような素姓であろうとかまわない。こちらも疑心は捨て、手放しの信頼を寄せるつもりでいるから、これぞという人材をお貸しいただけないだろうかと。

そうした心持ちで受け容れなければ、むしろ身が持たないと考えたのである。なにしろ身につける衣裳のみならず、髪や肌にふれることすら許す相手だ。ふとした表情や仕草から、秘めた内心を悟られることもあるだろう。

であればガイウスとの親密さについても共有することを覚悟し、いっそふたりのためにあれこれと機転を利かせてもらうほうが、得策なのではないか。その点コルネリアの意を汲んだ者ならば、アンドルーズ家の不利を招くふるまいはしないはずだ。

そんなわずかな担保に望みをかけ、無茶は承知の打診をすると、コルネリアは期待以上の娘を寄越してくれた。

こまやかな気働きができるのはもちろんだが、日をかさねるにつれ、その心根の大らかさこそが、タニアのかけがえのない美質であると気がついた。

夜毎寝室で髪を梳いてもらいながら、とりとめのない言葉をかわしていると、心を埋める煩いごとがゆるやかに遠のいてゆく。

「考えるのはまた明日にいたしましょう」

そんなタニアの締めくくりで、蠟燭の焰を吹き消すように一日が終わりを告げ、来たる明日に備えようという気持ちになれるのだ。

不毛な悩みは、気力体力を削ぐだけ。地に足のついたその健全さが、光と影の交錯する宮廷生活においては、なによりありがたかった。

聞けばアンドルーズ家の遠縁の出で、領地ではつましい生活をしていたが、目をかけたコルネリアがしばらく手許においていたらしい。

ガイウスとも面識があり、アレクシアたちのぎこちない恋模様をほほえましく見守ってくれていることが、気恥ずかしくも心強い。

タニアは身を屈め、乱れたアレクシアの裳裾をととのえる。

「なんにせよいまからお召しものを替えていては、王太子殿下をお待たせすることになりますが、それでもよろしいのですか?」

「そのような非礼は避けなければ」

「ではこちらで勝負なさいませ」

「む……」

駄々をこねる主をあっさりいなしてのけるところが、やはり有能な女官である。

腹を括ったアレクシアは、ガイウスを連れていざ外廷に向かう。

粛々と足を動かしていると、肩越しにささやきかけられた。

「姫さま」

「なんだ」

「本当にわたしを伴われてよろしいのですか」

「異国の使節との謁見に、近衛隊長が同席するのは当然だろう」

「ですがあの男は――」

ガイウスはそう口走り、苦しげに声をひそめた。

「レアンドロス殿下は、おそらくわたしに不快な印象をお持ちです」

その根拠がなにか、アレクシアにはすぐにわかった。

「一昨々年の刃傷沙汰のことか？」

「はい。殿下の剣からわたしを庇われた姫さまが、額に傷を負われました」

当時ガーランド宮廷に滞在していたレアンドロスが、ガイウスの対応に腹をたてて剣をふりあげたのだ。本気で切り刻むつもりではなかったかもしれないが、ガイウスが王太子に剣を向けかえすことは許されない。無抵抗のガイウスを放ってはおけず、アレクシアはふりおろされる白刃のまえに身を投げだしたのだ。

「あのような些細なこと、疾うの昔に忘れておいでだろう」

「しかし万が一ということも」

ガイウスは懸念を拭えないようだ。

アレクシアは足をとめて向きなおる。

「ではなおさら、おまえがわたしの重臣であることを、察していただくべきだろう。そうすればたとえおまえが目障りでも、わたしとの結婚を望むかぎり、手をだしたりできなくなるはずだから」

「わたしは身の危険を案じているわけではなく……」

ガイウスはもどかしげにくちごもったきり、沈黙する。

ほどなくふたりはバクセンデイル侯やアシュレイ、駐在ローレンシア特使のカナレス伯とも合流して、謁見の間をめざした。

道すがら、アレクシアはカナレス伯に話しかける。

「ご一行は、いつランドールに到着されたのですか?」

「一昨日(おととい)の夕刻です。すぐにも宮廷に伺候し、表敬のご挨拶をなさりたいとの王太子殿下のご意向でしたので」

ではこちらも即日の謁見を許して正解だったのだ。

「長旅の疲れも癒えておいでにならないのでしたら、本日は感謝と歓迎の意をお伝えするに留(とど)めるべきでしょうね」

「……それがよろしいかと」

四十がらみのカナレス伯は、やや緊張した面持ちで同意した。

黒髪に浅黒い肌という、いかにもローレンシア人らしい容貌で、婚姻交渉のために長くガーランドに駐在している。

母国の文化や風習について、折にふれて教わってきたアレクシアは、個人的な親しみを感じており、カナレス伯のほうも単身レアンドロス王太子に嫁ぐアレクシアに、かねてより同情をおぼえていたふしがある。

それだけに本国の意向との板挟みになりがちで、おまけにローレンシア行きの船旅では賊に人質に取られたりと、なにかと気苦労の絶えない御仁である。

アレクシアが即位するにあたっても、王女時代の婚約を維持することはできないというガーランドの主張に理解を示してくれてはいたが、当然ながら本国はすでに婚約を結んでいる優位を譲る気はない。

そしてガーランドからの言質を取れないまま、アレクシアに求婚者が殺到している状況に業を煮やし、王太子みずから乗りこんできたというわけだ。

であればこそカナレス伯の共感は、これからも繋ぎとめておきたい。

「殿下のご滞在にあたり、なにかお困りのことがありましたら、いつでも遠慮なくご相談ください。できるかぎりの取り計らいをいたしましょう」

「お優しきご配慮に感謝いたします」

伯はどこか窶れの漂う笑みをかえした。使節団を迎えるための諸々の差配に、疲労困憊しているらしい。

そんな彼のためにも、まずは穏便に対面を終えたいところだが……。

やがてたどりついた謁見の間は、扉の左右を衛兵に護られていた。すでに控えの間から通された使節団が、玉座をまえに待機しているという。

「まずは打ちあわせどおりに」

バクセンデイル侯の耳打ちに、アレクシアはうなずきかえす。扱いの難しい相手にどうふるまうべきか、あらかじめ相談のうえで臨むことにしたのだ。

背丈の倍はあろうかという扉が開かれ、鳩尾に手を組んだアレクシアは、艶やかな鼈甲を敷きつめたような寄木の床に踏みこむ。

すると十人ばかりの黒衣の一団が、いっせいに片膝をついて頭を垂れた。

その黒い波の群れを先頭で従える、猛禽のごときたたずまいの青年。

顔を伏せていてもわかる。彼こそがレアンドロス王太子だった。

アレクシアは爪先に力をこめ、まっすぐそちらに足を向ける。

壇上の玉座ではなく、嫁ぐはずであった男の正面に。

「アルバラード王家のレアンドロス王太子殿下。こうしてお目にかかれる日がおとずれるとは、望外の喜びに打ちふるえるばかりです」

片手をさしのべ、うながす。

「どうかお立ちください。かつては貴国の王太子妃に望んでいただいた身として、僭越ながら兄妹（あにいもうと）のごとき親愛をこめて、殿下をお迎えいたしたく存じます」

婚姻というかたちではなくとも、特別な絆で両国が結ばれることを望んでいる――そんなガーランドの姿勢をこめた遇しかたである。

波打つ黒髪がはらりと流れ、黒曜石の双眸がアレクシアをとらえた。

「デュランダル王家のアレクシア女王陛下」

すくいあげるように指先を攫(さら)い、蠱惑(こわく)的な笑みを深める。

「いや――我が愛しの花嫁」

アレクシアは目をみはる。そしてレアンドロスが膝をあげる勢いのままに、ぐいと手をひかれて、黒衣の胸に倒れこんだ。

「っ！」

衝撃から我にかえるまもなく、腰に腕がまわされ、無防備にのけぞった喉に咬(か)みつこうとするかのように、視線を縫いとめられる。

とたんにガイウスたちがざわといろめきたつのを感じ、アレクシアはそちらをふりむかぬまま、とっさの身ぶりで手出し無用を伝えた。

「わたしこそ、どれだけあなたとの再会を待ち焦がれていたか」

吐息が頬をなでる距離から、レアンドロスは情熱的な告白を注ぎこむ。

「ローレンシアに向かう艦隊が賊に襲われたとの報せに、もはや今生で相まみえることはかなわぬのかと、しばし悲嘆に暮れておりました」

アレクシアは喉笛をぎこちなく上下させる。それでも鉄の意志で、視線だけは逸らさずに、漆黒の双眸をみつめかえす。

「それほどまでにお気にかけていただけるとは、もったいなくも感に堪えません。貴国に嫁しておりましたら、殿下のあふれんばかりの情愛とお導きに支えられ、満ちたりた生涯を送ることもできましたでしょうに」

レアンドロスはくいと片眉をあげた。

「いまやそれは許されぬ身であると仰せか？」

「運命の女神の、残酷な戯れには逆らえません」

アレクシアは諦念のほほえみを浮かべてみせる。

するとレアンドロスは、底知れぬ瞳に挑戦的な光を宿らせた。

「しかしその戯れに抗ってみせるのも、また一興ではありませんか？」

「え……」

きりかえしに躓いたアレクシアを、レアンドロスが射抜くようにみつめる。遥か下界の獲物に狙いを定めた、猛禽のまなざしだ。

「先年にお会いしたときよりも、あなたは格段に魅惑的になられた。このしなやかな御手で、兄君を処刑台に送られたためだろうか？」

アレクシアはたまらず肩をこわばらせた。身の裡が焼け焦げるような反発を、けんめいに抑えこむ。

「……執行の署名はははまだしておりません」

「ならばぜひわたしも一等席で見届けたいものだ」

異国の王族の処刑など、なかなか立ち会えるものではない。

そんな期待に満ちたくちぶりに、じわりと胃の腑が冷えるのを感じる。

アレクシアはなんとか話題を移した。

「一等席でしたら近く宮廷にて、殿下を歓迎する夜会を催しましょう。お許しいただけますか？」

「喜んでうかがいましょう。夜会では舞踏も？」

「もちろんです」

「ではあなたのお相手を、誰より先に務める特権をも与えていただけますか？」

「踊りはあまり得意ではないのですが」

しかしやんわりとでも拒絶できる状況ではない。特権とはまさしく、レアンドロスがいまだアレクシアの婚約者であるという主張を、意味するのだろうから。

アレクシアは観念し、なんとかレアンドロスから身を離した。

「殿下のための夜会です。お望みのままにいたしましょう」

「それは光栄の至り」

レアンドロスは慇懃(いんぎん)に腰を折る。

そして情熱的なくちびるを、挑むようにひきあげた。

「わたしなら誰より上手くあなたを踊らせることができる」

レアンドロスの視線が、つとアレクシアの肩越しに流れてとまる。

そこに長剣の柄(つか)に手をかけたガイウスの姿を認め、アレクシアの胸はしばし不穏な予感にさざめいた。

嘘はできるだけ減らしたほうがいい。

そんなクライヴの助言を受け、一行は職にあぶれた役者たちを装うことにした。装うというより、客観的な状況としてはまさしくそのままである。

人の集まるところに噂あり。三人にとって、まずはもっとも馴染みある芝居の世界を足がかりにすれば、一石二鳥という計画だ。

ロージアン入港を控えた船室で、クライヴはあらためて理解を求めた。

「属する一座が解散したため、いざ新天地を求め、これぞという一座に売りこみをかけるべく旅をしている。そうした事情であれば、熱心に芝居小屋に出入りしていても、さほど不審ではないでしょう。あなたがたは芝居の世界に精通しておられますから、自然なふるまいにも困らないはずです」

「その気になれば飛びこみで、日銭を稼ぎながらの情報収集もできるか」

リーランドが納得し、ディアナはたちまちいろめきたった。

「ロージアンの町なら、舞台にあがってもいいの？」

「向こうでは姫さまの顔も知られていないからな。ただ人気の一座で、伝手もなしにいきなりの抜擢を期待するのは、なかなか厳しいだろう。人手不足の裏方なら、どこも大歓迎かもしれないが」

「……そうよね」

昨夏のリーランドは、王都でしばらく役者としての武者修行に励んでいたのだ。王女の身分を隠したアレクシアが《アリンガム伯一座》に身を潜めていられたのも、彼が地道に築いた人脈があってこそである。

「でも裏方だってかまわないわ。このところ芝居ときたら観てるばかりで、いい加減むずむずしてるんだもの」

熱気に満ちた舞台を観るよりも、生みだすほうにまわりたい。

少女時代から一座で生きてきたディアナにとって、華やかな表舞台を支える裏方の作業もまた、ひとつひとつ階段をのぼるように身につけてきた、懐かしく愛おしい記憶とともにある。

舞台裏で役者に水を渡したり、早着替えの衣裳を捧げ持ったり。そんな些細な、けれど舞台のためになくてはならない役割を与えられるたびに、どれだけ誇らしい気分になったものか。

「そのあたりは状況次第ということで、まずは偵察に徹するのがよろしいかと」

ディアナの気持ちを汲んだうえで、クライヴは慎重さをうながす。

「わたしが常におそばで目を光らせるわけにもまいりませんし、異国の地で身許を怪しまれれば、取りかえしのつかないことになりかねませんから」

「肝に銘じるわ」

ディアナはうなずき、片頰に苦笑を浮かべた。

「独房に放りこまれて処刑を待つのは、もう懲り懲りだもの。たとえ立派な王宮の地下牢でもね」

「それはまことに……償いのしようもなく……」

冗談めかしたつもりがひどく恐縮され、ディアナはうろたえる。

そしてうなだれるクライヴに、慌てて問いかえした。

「ところであなたの役まわりは？」

「わたしは役者向きの風体でもありませんので、ガーランドの貿易商に雇われた用心棒として、町の治安に注意を払います」

「それも嘘を減らすためね」

「はい。メイナードさまが先触れにて話をつけておいでですので、滞在先についてもすでに準備をととのえてお待ちかと」

「ありがたいわ」

言葉が通じるだけましだが、右も左もわからない異国の町では、安全な宿の見定めかたもおぼつかない。

グレンスター家が懇意にしているという《メルヴィル商会》の支店長は、ラグレス近郊の小領主の三男で、現在はラングランドの拠点を任されているそうだ。

長年にわたる主家との絆を誇りにし、剣以外の方法でも貢献するべく、かねてから協力を惜しまないという。

ノアもたびたび耳にする貿易商には興味があるようで、

「そういえばあの商会の連絡馬車は、小夜啼城に隠れてた姫さまと手紙をやりとりするのにも、重宝したんだよな」

「アレクシアも感心してたわ。商会が陸路と海路で張りめぐらせた流通網は、これからのガーランドを支える血管みたいなものだって」

「血管？」

「物資も情報も、熱い血が勢いよく流れるみたいに、ガーランドの隅々まで行き渡らせることができる。その利点を、治世にも生かせないか考えているそうよ。近いうちに商会に声をかけて、事業について詳しく訊いてみたいって」

「ふうん。上手くいくといいな」

ノアはどうやらぴんときていないらしい。

おざなりな励ましに笑いを誘われるが、そういうディアナとてアレクシアの展望を理解できているわけではない。

けれど優れた役者がいるだけでは、舞台はまわらない。

骨惜しみをしない多くの裏方が支えているからこそ、役者が華々しい光を浴びることもできるのだ。

「だからあたしたちが、あの子の目と耳にならないとね」


そしてディアナはこれ以上ないほどに、緑柱石の瞳をみはっていた。

「まるで宮殿みたいね……」

こけら落としからまだ半年あまりという《天馬座》は、ゆるやかな段状の客席が四層にわたってぐるりと舞台を取りかこむ、雄大な円形劇場だった。

気を利かせた支店長のアドラムが、桟敷席の切符を取ってくれたので、ディアナは客席の埋まりだしたそれぞれの階を、心おきなくながめまわす。

「平土間だけで《白鳥座》が丸ごと納まりそう」

「かもな。この規模ならランドールの《天空座》とも張りそうだ」

なにげないリーランドの見解に、ディアナはますます目を丸くした。

「嘘！　ふたりともこんな舞台で稽古してたの？」

王都ではほとんどグレンスター邸にかくまわれていたディアナは、結局どの芝居小屋にも足を向けないまま王都をあとにすることになり、致しかたないとはいえ心残りのひとつとなっていたのだった。

空にそびえる《天空座》の外観から、客席の規模にも想像はついたが、よもやこれほどの迫力とは。いざ舞台にあがり、こんなふうに三方から雪崩れかかるような観客の視線にさらされたら、背すじがぞくぞくしてたまらないだろう。

「そう恨みがましい目をするなって。おれたちはあくまで、おまえを王宮から連れだすための潜伏生活を送っていたんだからな」

「そうだろうけど！」

リーランドもノアも、アレクシアですらも羨ましくなってくる。

そういえば《天空座》でのアレクシアは、おまけの新入り扱いだったため、掃除を始めとするさまざまな雑用に、黙々と勤しんでいたらしい。

かつてのディアナと同じ作業に、アレクシアがせっせと励んでいたとは、奇妙な感慨がこみあげる。

つくづくおかしな……感心な王女さまである。

「《天空座》と一番に違うのは、まずあの天窓だな」

リーランドが長い指をすいと上向ける。

釣られて視線をあげると、壁際から立見席のなかばにまで張りだした屋根に、硝子板が嵌めこまれている。通常の円形劇場では、充分な明るさを確保するために、どうしても雨ざらしとなる席だ。

代わりに舞台には高い天井が設けられ、それを支える円柱や露台を、演出にどう活かすかが、腕の見せどころでもある。

「すごい。あの窓から光を採りこんでるの？」

「ああ。どれも薄くて歪みがない。あれだけの硝子板をそろえられるとは、たいした技術と資金力だよ」

たしかに硝子窓といえば豊かさの象徴で、庶民の暮らしではなかなか手が届かない贅沢品である。陽光を求めて窓を開け放たずに済むのは、とりわけ冷える季節にはありがたいことだ。

「そこまでして屋根を増やしたのは、寒さ対策のためかしら」

「だろうな。耳に挟んだ話では、他所にはない趣向だそうだ」

その甲斐あってか、気にかけていたほどの冷えこみは感じない。

客席を練り歩く売り子には、あちこちから声がかかり、どうやら熱々の甘葡萄酒が飛ぶように売れているらしい。あれをお供に加えれば、きっと身体がぽかぽかのまま終幕まで楽しめるだろう。

かすかに漂う甘酸っぱい香りに、ディアナはうっとりと鼻をひくつかせる。

すると手摺に腕を預けていたノアが、リーランドをふりかえった。

「つまり居心地の好さがここの売り？」

「かなり意図的な狙いだろうな。あれなんか特にそうだ」

言いながら、リーランドは最上階の桟敷席を顎でさしてみせる。

ノアは身をひねるようにそちらをうかがい、

「……屋根を支える柱ごとに、隣の席と壁で仕切られてるのか？」

「ご明察。それにほら、左右の柱に垂れ布を束ねてあるだろう？　あれをひいて外からの視線を遮れば、奥はほとんど個室も同然だ」

「そんなことしたら、肝心の舞台はどうするんだよ」

「だからそういう客の目的は、芝居だけじゃないってことさ」

ディアナははっとする。

「ひょっとして、誰かとこっそり会うために使うの？」

リーランドはうなずき、いかにも意味深に口の端をあげる。

「男女の艶めいた密会か、そうでなければ密談にもお誂え向きだろうな」

「密談……」

リーランドはおもむろに声をひそめた。

「さっき近くまでぶらついてみたら、あの階にはそもそも切符のある客しか通さないようだ。用心して時間差で出入りすれば、他の客に怪しまれる危険も避けられるっていう寸法だな」

「そういうあなたが、さっそく怪しまれたんじゃないの？」

「おれが役者なのを忘れたのか？　うっかり階段を数えまちがえたふりをして、愛想好く退散したさ」

自信たっぷりなのが小憎らしいが、リーランドのことである、きっと難なく切り抜けたのだろう。それで納得するくらいの信頼は、ディアナにもあるのだ。

人影のちらつく桟敷席を見遣(みや)りながら、つぶやく。

「なんにしろきな臭いわね」

支店長アドラムによれば、ここを本拠地としているのは、王都で《国王一座》と人気を争う《海軍卿一座》だという。

その海軍卿セヴァーンこそが、どうやら第二王子エドウィン派の有力者であるらしいのだ。一座の後援者として、劇場の建設にも多額の出資をしているとなれば、その設計には卿の意向もかなり反映されているとみるべきだろう。

「おもしろくなってきたな」

リーランドが不敵に舞台を睥睨(へいげい)する。

「まずはお手並み拝見といこうじゃないか」

朝の遊歩は、アレクシアの王女時代からの日課だ。
即位してからは数日に一度のみ、あえて早朝を選んで、ほぼ唯一の息抜きを楽しむことにしている。
護衛はガイウスひとりだけ。あらかじめ約束をかわし、ふたりきりの貴重なひとときを心待ちにするのがなにやら密会のようだと、ひそかに胸を高鳴らせているのはアレクシアだけの秘密である。

「宮廷人の朝が遅いことに、感謝をしなくてはな」

そうでなければ、なんとか女王と面識を得ようと画策する者たちが押しかけて、こんなそぞろ歩きすらまともにできなかっただろう。

すっかり葉の落ちた楡の並木道を、数歩の距離をとったガイウスがついてくる。

「しかしこの季節は、いささか寒さが身に沁みはしませんか？」

「ぬくぬくした寝台が恋しければ、無理につきあわなくともよいが？」

「そうはまいりません。寝台よりも、姫さまのほうがよほど恋しいですから」

とたんにアレクシアはずると絹の靴をすべらせた。

「またそういうことを……」

「おや。ご期待のきりかえしではありませんでしたか？」

「おまえはわたしが恥じらうさまを楽しんでいるな」

「長年の反動です。どうかお目こぼしを」

「……力学が不得手なのではないか？」

ガイウスが声をたてずに笑う。

「ではどこぞの惚けた春告鳥が、寝言を洩らしたことにいたしましょう」

「黒い翼の春告鳥などいるのか？」

「北の地にはおそらく」

ガイウスの生家アンドルーズの領地は、ラングランドとの国境に近いのだ。

アレクシアは目を伏せ、努めて淡々と足を動かした。

春告鳥が幸せな春の夢にまどろんでいるというのなら、この秘めた恋もまたつかのまの夢にすぎないことになりはしないか。

しかしいまのアレクシアには、いずれかならずや春がおとずれると、誓ってみせることすらできないのだ。

「春はまだ遠い」

「さようですね」

うなだれるアレクシアを、ガイウスはなじろうとはしない。むしろ寒さにふるえる雛をなでるような、自然な愛おしみにあふれた声音が、ありがたくも苦しい。

アレクシアはふと、さらに春の遠い北の地に想いを馳せた。

「ディアナとリーランドの仲は進展しているだろうか」

「さあ？　なるようになるのではありませんか」

「おざなりだな」

適当にもほどがある見解に、アレクシアは呆れずにいられない。

あえて非難をこめたまなざしでふりかえり、

「せめて安否を気にかけてやったらどうだ？　慰労の旅に送りだしたつもりが、わたしのためにとラングランドで情報収集に励んでくれているのだから」

「たしかあちらの王都では、第二王子派の牙城とおぼしき一座に、そろって潜入しているのでしたか」

「《海軍卿一座》だな」

アレクシアは得意げに教える。ディアナたちの状況は、グレンスター家を経由した報告で、おおむね把握していた。そう頻繁ではないのがもどかしいが、国外を拠点にした協力者のおかげで、秘密裡に情報をやりとりできるだけでもありがたいことだろう。

ロージアンの地を踏んだ一行は、町でも人気の《海軍卿一座》の公演が、王太子派を蹴落とすための謀議の隠れ蓑にされているのではないかと考え、職を求める役者として一座に近づいたらしい。

幸いなことに、一座としても勝手のわかる裏方なら大歓迎という内情で、当座の助っ人として潜りこむことに成功したという。そのあたりの首尾には、きっとリーランドの交渉力が貢献しているはずだ。

弁舌さわやかに先方を丸めこむさまが、目に浮かぶようである。目端の利くリーランドの存在はなにより心強いが、目的を偽って相手の懐に飛びこもうというのだから、やはり危険はつきものだろう。

「ディアナは宮廷の陰謀に巻きこまれて命を落としかけたのだから、みずから危うい橋を渡ろうとせずともよいのに……」

「だからこそではありませんか？」

アレクシアは足をとめた。ガイウスに向きなおり、どういうことかと目で問う。

「ごく少数の者らによる策謀が、罪なき命を非道に踏みにじり、国家をも揺るがすことの恐ろしさを身を以て味わったからこそ、新たな芽からも目を背けずにいたいのではないかと」

「ああ……」

アレクシアは痛ましさに喘いだ。

「それにあの娘には、なにより姫さまの存在が救いになっているのかもしれません」

「救い？　わたしが？」

驚くアレクシアに、ガイウスは真摯にうなずきかえした。

「ディアナがこの先どのような生きかたを選ぼうと、王家に連なる娘であるという認識を消し去ることはできないはずです。その意味とどう向きあうか、すぐには整理がつきかねるでしょう。そんな彼女にとって、ガーランドの女王であるあなたを友として手助けするという選択は、格好の逃げ道にもなるということです」

意外なほどのガイウスの雄弁さに、アレクシアは目をまたたかせた。

「……驚いた。おまえもあの子のことを、人知れず気にかけていたのだな」

「迂闊なところのある娘ですから、調子に乗ってむしろ姫さまのご迷惑になるのではないかと、危惧しているだけです」

「……………」

真顔で力説されては閉口するしかない。

気を取りなおし、ふたたび歩きだそうとしたときである。楡の並木越しに、鹿毛の馬がぽつんとたたずんでいるのを見て取り、アレクシアはガイウスに注意をうながした。

「あの馬はどうしたのだろう」

鞍をつけているようだが、近くに曳き手の姿はなく、だらりと手綱を垂らしたまま無心に草を食んでいる。

普段の内庭では特別な理由がないかぎり、王族以外の者が馬で乗り入れることは許されていない。しかし勝手を知らない異国の客人なら、ひそかに朝の乗馬を楽しもうとしないともかぎらない。だとしたら——。

「主をふり落として、ここまで逃げてきたのかもしれませんね」

ガイウスの推察に、アレクシアも同意する。とはいえ騒ぎになっている様子はうかがえないため、深刻な事故ではなさそうだ。

「いまのうちに捕まえておいたほうがよいだろうか」

「わたしが連れてまいりましょう。しかし王宮の馬ではなさそうですから、姫さまは離れておいでのほうが」

怯えた馬が暴走でもしたら危ないということらしい。

「ならばわたしは小夜啼塔に向かっていよう」

並木道の先には、ゆるやかな弧を描く旧城壁に、小夜啼塔がそびえている。夜会の疲れなどがひどくなければ、塔の胸壁からしばし王都を一望するのが常だった。

「おまえの足ならすぐに追いつくだろう？」

閑散とした城館跡の草地を抜け、現在は伝令鳩の鳩舎として活用されている塔の出入口まで、ここからほんの数分だ。

ガイウスはわずかに逡巡したものの、

「――ではすぐにまいります」

馬が逃げぬうちにと身をひるがえした。

並木を機敏にすり抜けるガイウスを見送り、アレクシアも旧城壁をめざす。

すっかり顔なじみの鳩舎番とにこやかに挨拶をかわし、淡い光の帯がさしこむ螺旋階段を一歩ずつ踏みしめる。

摩耗した壁に片手をすべらせながら、黒い黴のごとくじわりと胸を染めるのは、やはりセラフィーナのことである。

すでに護送は終え、小夜啼城のカティア媼から定期的な連絡が届いている状況だ。セラフィーナはかつての彼女の居室に暮らしているが、扉には鍵がかけられ、庭におりることを許された時間には、かならず誰かが付き添うという徹底ぶりだ。

にもかかわらずセラフィーナは不満を訴えることもなく、ひたすら淡々と静かな日々を送っているという。

「このままひそかに出産を迎えていただければ……」

その日が来るまでおよそ半年。眩暈がするような宮廷のにぎわいも、多少はおちついているだろう。

アレクシアはその日を待ち望みつつ、恐れてもいた。

その日が来れば、アレクシアは決断をくださなければならない。

真の王位継承権をもつセラフィーナの処刑と、生まれた赤子の処遇を。

たとえみずからの手を汚さなくても、その結果を、罪を、真に負うのはやはり自分だけなのだ。

かつて多くの王たちが、魂の均衡をなくしたとおぼしき末路を迎えたことを、たびたびアレクシアは考える。彼らはみずから望んでそれを手放したのか、それともそうせざるをえなかったのか。

あるいはこうした煩悶もまた、君主の居室にはびこる、性質の悪い黴のようなものなのかもしれない。

益体もない憂いをふり払うべく、アレクシアは残りの階段をひと息にかけあがる。

そのまま冷たくも澄んだ朝の陽に、勢いよく身を投じ——。

アレクシアは予期せぬ先客に、足を縫いとめられた。

鋸壁を背にして逆光にたたずむ、禍々しい亡霊のような黒い人影。

「レアンドロス……殿下」

息を弾ませたまま、アレクシアは喘ぐようにつぶやく。

レアンドロスの笑みと呼応するように、長い外套がひらめいた。

「やはりここを選んで正解だった」

「選ぶ？」

「あなたをお待ちしていたのですよ。ふたりきりでお会いするために」

するとレアンドロスは、アレクシアたちが早朝に小夜啼塔まで足を向けるという情報をつかんでいたのだ。そしておそらくは、アレクシアだけが先に塔にやってくるように、策を講じた。

「ではあの馬は……」

「囮ですよ。あなたの近衛隊長殿には、わたしの臣がお相手を乞うています」

アレクシアはかすかに息を呑む。

「ガイウスになにをなさるおつもりです」

動揺を隠しきれず、問いかえす声がふるえた。

ガイウスとレアンドロスには、かつての刃傷沙汰の因縁がある。些細なことと軽視していたが、意趣晴らしのために不意打ちで襲いかかられでもしたら、手練れのガイウスでもただではすまないかもしれない。

「あの者の安否が気になりますか？」

こちらの顔色の変化を、つぶさに味わうような声音だった。

アレクシアは耐えきれなくなり、

「失礼いたします」

不作法を承知で踵をかえそうとしたが、すかさず腕をつかまれて身をこわばらせる。

「お放しください」

「おちついて。たかが臣のために斯様にうろたえるなど、女王らしくありません」

からかいを含んだささやきに、幾重ものかすかな挑発の匂いを嗅ぎとり、アレクシアはたじろいだ。

腕をつかむ力をゆるめ、レアンドロスはほがらかに続ける。

「なにやら物騒な誤解をされているようだが、馬の歩様に違和感があるので、肢の様子を診ていただこうというだけですよ」

逃げた馬を追いかけてきた従者にそう訴えられれば、ガイウスとしては冷淡にあしらうことはできないだろう。貴人の愛馬はかけがえのない財産として扱う必要があるし、そもそも彼が日頃から馬たちに愛情を持って接していることも知ったうえで、馬で気を惹くのが得策だと考えたのかもしれない。

たしかに騙し討ちにしては穏便な手だが、策を弄してアレクシアを待ち伏せようとする試みそのものが、あまりにも不敬である。

だがいまさらそれを非難したところで始まらない。

大胆な悪戯に当惑するような微笑をとりつくろい、

「殿下のお望みでしたら、喜んで私的なおもてなしもいたしましたのに」

「ありがたい心遣いだが、それでは完全な人払いができない」

「ガーランド宮廷のしきたりには、従わねばなりませんので……」

未婚の男女が従者の付き添いもなしにふたりきりになっては、不名誉な仲を疑われてもしかたがない。とりわけ女王であるアレクシアが、ガイウスや女官をともなわずに求婚者と密会するなどということはありえなかった。

「だがあなたはわたしの婚約者——我がローレンシアの王太子妃だ」

直截に告げられ、乱れかけた呼吸をなんとか持ちこたえる。

アレクシアはつつましく目を伏せた。こうなったからには逃げられない。

「ありがたきお言葉ながら、それはすでにあまりに遠い夢となりました。いまやわたしは女王として、生涯をガーランドに捧げるとの誓いをたてております。そしてレアンドロス殿下、あなたもまたいずれは祖国に責任を負われる身です」

この語らいをむしろレアンドロスの本音をつかむ好機とするべく、アレクシアは慎重に言葉を選ぶ。

「妻と夫でありながら、遠く海を隔てた両国をそれぞれに正しく治めるためにはどうするべきか。即位をしてまだまもないわたしには、海霧のたちこめたその航路を見極めることができそうにないのです」

レアンドロスは耳をかたむけながら矢狭間(やざま)に片腕をかけ、くつろいだ様子でアレクシアをながめやった。

「ふさわしい時季を待てば、座礁(ざしょう)を恐れることなく出航できると?」

「我が身がふたつあれば、いますぐにも航海に身を投じることができますものを」

アレクシアは無念の吐息とともにうなずいてみせる。

するとレアンドロスが迷いなく言い放った。

「ならば身をふたつになされればよい」

どういうことかと小首をかしげるアレクシアをながめやり、レアンドロスは愉快そうに種明かしをした。

「世継ぎを――わたしの子をお産みになればよろしいのですよ」

「その子に王位を譲り、あとは忠臣に国政を任せれば、晴れてあなたをわたしの妃としてローレンシアにお迎えすることができる」

「え?」

「譲位を……」

アレクシアは呆然とその意味をかみしめる。

「それこそがなにより強固な、両国の同盟の証となりましょう。ガーランドに危機が迫れば、ローレンシアから援軍を送ることに反対の声があがることもありますまい。なにしろわたしの子が治める国なのですからね」

レアンドロスは片頰に同情めいた笑みを浮かべる。

「群がる能無しの求婚者どもの扱いに、その美しいかんばせを翳らせるよりは、健やかな世継ぎを産むことこそが、あなたにもっともふさわしい祖国への身を捧げかたではありませんか?」

アレクシアは胸の裡で空を仰いだ。これではっきりした。

レアンドロスは——ローレンシアは、あくまでアレクシアを王太子妃として扱うつもりでいる。つまりなにかと実権を制限される王配の地位よりも、ガーランドそのものを妻の持参金代わりにするほうが得策だと踏んだのだ。

もしもレアンドロスの提案を吞めば、ガーランドはもはや属国も同然だろう。我が子の教育のためと、いずれはローレンシアの息のかかった者が続々と宮廷に送りこまれ、抵抗すれば兵をさしむける格好の口実ともなる。

そうしてまんまとガーランドを乗っ取り、いずれはラングランドをも呑みこもうとしているのではないか。

バクセンデイル侯らと使節団との交渉が、平行線をたどっている様子なのは、おそらくそのためだ。

婚約解消の埋めあわせを、関税の優遇などで手を打ちたいガーランドに対し、ローレンシアの狙いはどこまで譲歩をひきだせるかではなく、すべてを我がものにすることにあるのだから。

しかし仮にそんな道を択べば、ガーランド国内からの反発は必至だ。アレクシアを廃位し、セラフィーナを女王にという動きが芽生えることだってありえる。

それを示唆するのはあまりに危ういが、ローレンシアの要求がいかに非現実的か、なんとか理解に至って帰国してもらうよりないだろう。

アレクシアはなかば途方に暮れつつ、

「とても……興味深いご提案でした」

あたりさわりなく伝えた。

とたんにレアンドロスが、心外そうに眉を撥ねあげる。

「興味深い？　それだけですか？」

おざなりともとれる態度に、気分を害したのだろうか。しかしとっさには正しい反応がわかりかねていると、

「まさかあなたは、わたしが政略のためだけに、あなたとの婚姻に乗り気でいるとお考えか？」

ますます答えようのない問いに、アレクシアは内心うろたえる。

するとさまようその視線を捕らえるように、レアンドロスがおもむろに距離を詰めてきた。あとずさるまもなく、背に腕をまわされる。

「殿下」

ひるがえる外套が身にまといつき、アレクシアは息苦しさに襲われる。ガイウスの腕にいだかれるときの、胸を締めつけられるような高揚とは、まるで異なっていた。

レアンドロスがささやく。

「あなたとふたたび相まみえたとき、鮮やかな変貌ぶりに目を奪われました」

「先年のわたしは、まだほんの子どもでしたから……」

アレクシアはぎこちなくほほえみかえすことしかできない。

その顎先にレアンドロスが指を添え、ついと上向けた。

「そうではない。瞳の色が変わられたのだ」

「瞳の？」

アレクシアは驚いた。そのような指摘は、ガイウスからも受けたことがない。ゆるやかすぎて、そばにいてはむしろ感知しにくいたぐいの変化なのだろうか。

レアンドロスはうなずき、射抜くように緑柱石の瞳をのぞきこんだ。

「あなたは毒を呑まれたな」

「……毒？」

「その胸に納められた密かごとですよ。ときに疼き、魂を喰い破らんとする密かごとの毒が、あなたの瞳を染めている。じつに蠱惑的だ」

顎に添えられた指先が、頰の線をゆるやかになぞる。

アレクシアはなんとか踏みとどまり、

「とても……興味深いお説かと」

あいまいにかえすと、レアンドロスは呵々と笑った。

「野暮なことをうかがうつもりはないが、秘めごとのある女人は美しい。ぜひともわたしの妃にしたいと、あなたほどに情熱をかきたてられた女人はおりません」

堂々と告げてはばからないのは、やはり輝ける大国ローレンシアの王太子だ。

「わたしの庇護があれば、あなたの航海も安泰だ。わたしとともに、この世の地図を塗り替えようではありませんか」

滾る野望を注ぎこむように、レアンドロスがさりげなく接吻を求めにかかる。

我にかえったアレクシアは、とっさに相手のくちびるを指先でふさいだ。

「どうかお控えを」

「なぜ」

「わたしの一存で、殿下のご好意をお受けするわけにはまいりません」

「くちづけひとつにも枢密院の許可がいるとおっしゃるか?」

「……ガーランドの行く末を賭けたくちづけですから」

「なるほど。つれないお預けに耐えるだけの価値はあるわけか」

レアンドロスは不敵にほほえみ、すでに離れたアレクシアの指先をとらえて、ふたたび口許に近づけた。

「ならば今日のところはこちらで我慢しよう」

さすがにふり払うわけにはいかず、アレクシアが身をかたくしたときである。

乱れた足音とともに、はるか下界から呼びかける声が、寒空をふるわせた。

「女王陛下! そちらにおいでですか!」

ガイウスだ。鬼気迫る声音からして、意図的に足どめをされたことにもすでに気がついているらしい。状況を悟るなり、相手をふりきってかけつけたというところか。

地に舞い降りた鳩たちが、慌てふためいたように羽ばたいている。それらをも蹴散らす勢いで、ガイウスは螺旋階段をかけあがってくる。

急ぎアレクシアは伝えた。

「すぐに近衛隊長がかけつけてまいります。どうかお放しください」

「なにゆえです」

「それは……万が一あの者が剣を抜いたらと」

「わたしがあなたに無体を強いているとでも？」

「あらゆる警戒を怠らぬのが、彼の務めですから」

「務めではなく、妬心ゆえでは？」

アレクシアは息を呑みかけ、危うくこらえた。

「とんでもありません。女王の警護を担う者としてです」

「それではつまらない」

レアンドロスは片頰に含みのある笑みを刷いた。

「妬心ならば、あなたの寵を競って剣をまじえてみたいものだが。あの男はずいぶんと腕がたちそうだ」

「……お戯れを」

きわどい軽口には嗜虐の片鱗がからみついているようで、アレクシアはどうにかかすれ声を絞りだす。

レアンドロスがおとなしく手を放し、身を退いたのとほぼ同時に、階段をのぼりきったガイウスがまろぶように姿をみせた。

「――女王陛下」

それ以上は言葉にできず、憤りをこらえた荒い息遣いだけが、吹き抜ける風に攫われてゆく。しかしその険しい視線だけはまっすぐレアンドロスに向けられ、一瞬たりと逸れることはなかった。

アレクシアはなんとか穏便に収めようと、

「おまえが来るまで、こちらに居あわせた殿下にお相手いただいていた。あの馬は無事に捕まえられたのか？」

「……………はい。追いかけてきた従者に預けてまいりました」

「それならよかった」

ぎこちないやりとりが途切れ、不穏な沈黙がふたたび満ちようとしたときである。

「ではわたしはこれにて失礼を」

そう告げたレアンドロスはおもむろに外套をさばき、風格と洗練を兼ねそなえた仕草で片膝を折ると、熱をこめたまなざしでアレクシアをみつめた。

「いずれまた、胸躍る語らいの機会を持てますよう」

「…………」

とっさには同意しかねるアレクシアの躊躇をも見透かすように、彼はほのかに口の端をあげる。そして目礼するガイウスには一瞥もくれぬまま、階段の暗がりに姿を消した。

傲然たる足音が遠ざかるやいなや、アレクシアはふらと胸壁にもたれかかる。

たちまち血相を変えたガイウスが、華奢な腕を支えにかけつけた。

「姫さま。あのかたはいったいなにを――」

「大丈夫。なにもされてはいない」

「しかし」

「ただ気が弛んだだけだ。おまえこそ、手荒い真似をされはしなかったか？」

「はい。ですが声をかけてきたのがローレンシアの者ではありませんでしたので、違和感をおぼえるのが遅れました」

ガイウスは後悔に目許をゆがませる。

「あのような稚拙な罠にかかるとは情けない。一秒たりと姫さまのおそばを離れるべきではなかったのに」

「おまえのせいではない」

アレクシアも苦く首を横にふる。

「わたしも油断をしていた。まさか気ままな散策の路まで、あのかたに把握されていたとは……」

しかもアレクシアだけを小夜啼塔におびきよせるために、どんな罠を張るべきか、正確に読みきっていた。つまりこれまでのアレクシアや、ガイウスのなにげない行動についても、随時さぐられていた可能性があるということだ。

アレクシアはぞくりとする。女王の居室から一歩でも外にでたら、あからさまに親密なふるまいは避けるよう、わきまえていたつもりだ。それでもふたりきりのときに醸しだされる気のおけない雰囲気は、隠しきれていなかったかもしれない。

アレクシアは気力をふり絞るように、ガイウスに向きなおった。

「ガイウス。殿下はおそらく察しておいでだ。おまえがわたしを……」

「お慕いしていることをですか？」

アレクシアは目をみはる。

「気づいていたのか？」

「先年の諍い（いさか）は、そのことであらぬ侮辱を受けたためですから」

「あらぬ侮辱？」

「それは」

ガイウスはたじろぎ、ひどく気まずげに白状した。

「つまり姫さまとわたしが、すでに深い仲であるようなことを」

ひと呼吸おいて、アレクシアはその意味を理解した。

「あ――ありえない！　あのときのわたしはまだ十五ではないか」

「はい。ですからわたしは発言の撤回を求め、あのような仕儀に」

アレクシアはいたたまれなさに視線を泳がせる。

「……そういうことだったのか」

「当時のわたしは、おのれの恋情に危うさをおぼえておりました。ですからそれを見破られたうしろめたさと焦りも手伝って、あのような直情的な反応を。いまにしてみれば性質の悪い挑発にすぎなかったのですから、うまくあしらって収めることもできたはずでしたのに」

「そのことはもういい」

ガイウスを直視できないまま、アレクシアはたどたどしく続けた。

「むしろ肝心なのはわたしのほうだ。いまのわたしがおまえを……その、憎からず想っていることを、レアンドロス殿下に悟られているかもしれない」

「そのようなほのめかしを？」

「された。もちろん証拠などあるはずもないが、わたしが求婚に二の足を踏んでいるのはそのせいだとみなされては……」

「すべてが不愉快な茶番であると、受け取られるかもしれないわけですか」

「あるいはそう主張する口実を与えることになる。長にわたり、婚約者であるあのかたを欺いていたと」

未来の夫のために純潔を守るべき王女が、ふしだらにも護衛官ごときとできていたならば、それこそ許しがたい侮辱ということにもなる。

「皮肉なものだな。わたしに焦がれているわけでもない相手から、不貞を責められることを恐れなければならないとは」

「そうともかぎらないのかもしれません」

「え？」

「あのかたが姫さまをみつめるまなざしには、ただの策略以上の熱がこめられているように感じます」

迷いのないくちぶりに、アレクシアは当惑した。

「それはこじらせた執着心にすぎないのではないのか？　バクセンデイル侯が危惧されていたような」

「そうではなく……より純粋に、姫さまに惹かれておいでなのではないかと。お姿のみならず、その魂のありようについても」

「魂の……」

ぽつりとくりかえしたとたんに、不安がよみがえる。アレクシアはあらためてガイウスの視線をとらえた。

「ガイウス。わたしの瞳は秘密を宿しているか？」

「え？」

「レアンドロス殿下にはそう見えるそうだ」

ガイウスのとまどいが、音をたてるように警戒に塗り替えられた。

「まさかその示唆は、姫さまの出生についての？」

「おそらくそうではないはずだ」

その点については、アレクシアは冷静に判断していた。ローレンシアが斯様な切り札を入手しているなら、とっくに活用していてしかるべきだからだ。

「ただ尋常ではない状況で王位を継承したわたしが、すでに清廉潔白な身ではないことを嗅ぎとられたのかもしれない」

「玉座を得るために手を汚されたとでも？」

「追及するつもりはないそうだが」

「あいかわらず下種な」

ガイウスは軽蔑をあらわにする。

だがレアンドロスは、毒を秘めたアレクシアの瞳を、蠱惑的だと評したのだ。

アレクシアはどうしても、そのことをガイウスに告げることができなかった。

常設の劇場は陸の戦艦のようなものだ。

幾層もの席を埋めつくす観客の熱を動力に、果てのない芝居の大海原へ漕ぎだしてゆくのである。

颯爽たる主役の登場に、憎々しい悪役の大見得に、最高潮に達した剣戟に。

客席がどっと沸くたび、ぐらぐらと艦を揺さぶるような熱気の渦が、裏手の楽屋口にまで流れてくる。

どうやら《海軍卿一座》の航海は、順風満帆のようだった。

一座の興行に潜りこんで半月あまり。ディアナはその認識を強めていた。

リーランドの読みどおり、まずは裏方としての臨時雇いが決まった三人は、それぞれにきりきりと務めをこなす日々を送っている。

いまのところは怪しまれることも、邪険にされることもなく、好意的に迎えられているといえそうだ。こちらは修業の旅の身なので、一流の舞台にふれられるだけでもありがたいという姿勢を打ちだしたことが、功を奏したらしい。

実際のところ、王都で人気を二分する《国王一座》の舞台と比較したうえで、こちらを選んだというあたりが、相手の自尊心をくすぐったようである。

一座の者と接するうちにわかってきたが、どうやらかなりの対抗意識があるらしい。

第二王子エドウィンが次の王になれば、自分たちが《国王一座》に成り代わるつもりでいるのだろうか。そうした栄誉も大切かもしれないが、芝居のおもしろさそのもので名声をあげるほうが、よほど価値あることではないか。

「なんだかね」

いまひとつ共感はできないながらも、ディアナは盥に沈めた陶器のマグをせっせと洗い続けた。観客が甘葡萄酒を飲み終えたマグは、ノアがめざとく回収し、こうしてふたたび売り子にまわさなければ、すぐに器が足りなくなるのだ。特に水の冷たいこの時期は、誰もが敬遠する雑用だが、ここは我慢である。

「ディアナ。器の準備できてる？」

そう呼びかけながら、楽屋を兼ねた食堂にかけこんできたのは、目許の涼しげな黒髪の娘ルイサである。ディアナと同年輩で、ともすると敵視されそうなところだが、あまりに容姿がかけ離れているためか、いまのところあからさまに競争相手とはみなされていないらしいのが幸いだった。

ディアナは食卓をふりむきながら、

「そこに伏せてあるわ。今日もよく売れてるみたいね」

「あと二幕あるから、まだまだ売れそうよ」

ルイサは肩から吊りさげた木箱をおろし、凝った腕をまわしている。

「それを担いで階段をのぼりおりするなんて、大変そうね」

「まあね。でも売り子は譲らないわよ」

「そんなつもりじゃないったら」

すかさず釘を刺されて、ディアナは苦笑いした。

ルイサはもうひとりの若手女優と、交代で同じ役柄を演じている。そのため今日の公演では、売り子として客席を練り歩いているのだが、それも役者にとってはお客に顔を売る絶好の機会になるのだ。

なかには不埒な酔客がいたりもするが、ディアナもそうした交流を大切にし、また楽しみにもしてきたので、ルイサの気持ちはよくわかる。

つかのまの休憩を終えたルイサに、

「多めに補充しておいたわ。重いから気をつけて」

なみなみと甘葡萄酒を注いだポットを渡そうとしたときである。

開け放しの搬入口から、見覚えのないひとりの男がするりと姿をみせた。

ちらとこちらをうかがった灰茶の髪の男は、無言でルイサにうなずき、そのまま通路の奥に向かっていく。ルイサもまたかすかな会釈をかえしただけで、舞台の下手に進むうしろ姿を見送った。

「いまのは？」

「え？　なに？」

「一座では見かけない人だけど」

「ああ……出入りの業者よ」

「なら相手をしなくてもいいの？」

「あなたの気にすることじゃないわ」

「……そう」

すげなくあしらい、ルイサもせわしげに食堂をあとにする。

いかにも新入りに対する扱いではあるが、ディアナはそこに異なる意味を嗅ぎとらずにいられなかった。

「気にすることじゃない……ね」

つまり気にされては困るということではないか。

あの男が出入りの業者なら、こちらの人手が割けない上演のさなかに、わざわざたずねてくるものだろうか。それに遣いの徒弟でもなさそうなのに、工具や書類などの仕事道具らしきものをたずさえていないのもおかしい。

男が向かった先には舞台裏があるが、その上手と下手それぞれから桟敷席の通路に出入りできる階段にもつながっている。もちろんそれらは、関係者しか使用できないものなのだが。

「つまりあの個室のお客と、ひそかに合流することもできるわけよね」

件の桟敷席はやはりかなりの高額で、並の市民には手の届かない特別な席とみなされている。よってそこに姿をみせるにはふさわしくない者を同席させたければ、こうして裏から招き入れればよいのだ。

しかしまがりなりにも客に楽屋口を使わせるなどという裏の手は、一座としても頻繁に認められるものではないだろう。

それをルイサが黙認したのだとしたら、あの男は海軍卿セヴァーンの知人ということになりはしないか。

「これって絶好の機会……よね？」

ディアナはにわかに浮き足だった。この半月というもの、桟敷席に立ち入れたのは掃除のときくらいなのだ。入れこみが始まれば通路をうろつくことも許されず、飲みものなどはあらかじめ注文を受けて、裏階段から届けるという徹底ぶりだ。

座長や主役級の役者は、しばしば挨拶に出向いてもいるようなので、客について詳しく訊いてみたところ、耳慣れない貴族や有力者の名があげられただけで、いまひとつぴんとこない。

それとなく男女の密会にも興味があるふりをすれば、否定こそされなかったが、さすがに新参者に秘密を洩らすほど口の軽い者もいなかった。

このままでは密談の糸口すらろくにつかめそうにないが、だからといって無闇に偵察めいた真似をして怪しまれるわけにもいかない。

これは長期戦のかまえで挑むべきかと、そろそろ気持ちを切り替えにかかっていた矢先に降って湧いた、この好機である。

「どうしよう。リーランドに相談したいけど」

たしかこの幕では、大がかりな舞台転換のために、暗い奈落に身を潜めて待機しているはずだ。いくら緊急でも、とても呼びだせる状況ではない。

ノアは客席のどこかにいるはずだが、こちらもすぐにはつかまらないだろう。

だがやるならいましかない。幸いルイサはしばらく戻らないだろうし、不在に気づかれても、舞台袖の暗がりから芝居を観ていたという言い逃れはきくはずだ。

「やるしかないわ。次なんてもうないかもしれないんだもの」

そう思い定め、ディアナは通路を下手に向かって走りだした。舞台ではちょうど派手な戦いの場面が始まったところで、うろつく新入りを気にかける者など誰もいない。

その隙に狭い階段を一気にかけあがった。

先刻の男とかちあったら終わりだが、せめて御用聞きの新人女優に見えるよう、汚れた前かけを解いて片手に握りしめる。

四階にたどりつき、出入口の垂れ布をわずかにたぐって通路の様子をうかがうと、人影はない。

しかし予期してはいたが、ゆるく弧を描いた通路にぼうとたたずんでいては、いかにも無防備だ。

しかもそれぞれの入口の垂れ布は、戴冠式のローブをも彷彿(ほうふつ)とさせる厚さで、よほど身を寄せなければ室内の音は聴き取れそうにない。

あの男が迷わず下手の階段をめざしたからには、目的の桟敷席がこちらがわにあるのは確実なのだが。

そのときディアナは気がついた。

「あの桟敷席……今日は空いているんだわ」

高額とはいえ、需要のある桟敷席はほぼすべての公演で埋まるのだが、端から二番めの桟敷席だけ布が閉じきっていないのだ。

つまりこういうことではないか。もっとも端の桟敷席を密談のために確保し、なおかつ用心のために隣席も押さえて無人にしている。

いずれにしろこの状況で採れる道は、ひとつしかなさそうだ。

ディアナは意を決して、二番めの桟敷席にすべりこんだ。

正面の垂れ布は左右に開いているので、じりじりと椅子の裏を這い、端の桟敷との境の壁に片耳を押しつける。

「…………」

しばし耳を澄ますが、壁の構造に隠された工夫でもあるのか、隣室の音はほとんどなにも聴こえない。

ディアナは汗のにじむ手を握りしめた。

せっかくここまで来たのに、これではたいした収穫にならない。

見切りをつけるにつけられず、必死で耳をそばだてていたときである。椅子のがたつくわずかな震動を、両の膝がとらえた気がした。

まさか秘密の集いは、これでお開きということだろうか。だとしたら帰りがけに、隣室を覗かれないともかぎらない。

壁際の隅にうずくまり、ディアナは祈るように息をひそめる。

するとほどなく隣の桟敷席から誰かがでてきた。

「――では今夜。北の埠頭に誘導いたします」

「！」

ディアナは我知らず両手で口をふさいでいた。

その男の声は、ほんのかすかな囁きにすぎなかったのかもしれない。しかし息を殺して待ちかまえていたディアナの鼓膜は、耳許で銅鑼を打ち鳴らされたかのように、びりびりとふるえた。

声の主はこちらには足を向けず、ディアナがやってきた裏階段をかけおりていく。

ならばいまの声こそ、楽屋口から忍んできたあの男のものだったのだろうか。

しばらくすると次なる者がひとり、こちらは客用の階段をめざしていく。

やがて続くひとりも足早に去り、もうひとり去り――。

そしてついに誰もいなくなったのだった。


「念のためにざっとその桟敷を調べてみたけれど、残念ながら手がかりになりそうなものはなにもでてこなかったわ」

逸る心のままに、ディアナは一部始終を打ち明けた。

四人のロージアンでの仮住まい――庶民向けの下宿の食卓である。

午後の公演を終え、ひととおりのあとかたづけをすませたら帰宅し、そろって夕食の席をかこむというのが、現在のディアナたちの日常だ。

支店長アドラムの斡旋による下宿先のため、女将もなにかと心得たもので、階下の厨を自由に使わせてくれるのがありがたい。

　このところはクライヴが情報収集がてら、あちこちで調達してきた食材で簡単な料理をこしらえてくれるようになったのだが、これがまたなかなかの腕なのである。

　今日もたっぷりの黒麦酒で煮込んだ牛肉のシチューが、それぞれの皿で香り高い湯気をたてているが、さすがにあとまわしにせざるをえなかった。

　聴き始めは匙を動かしていた三人も、いまやすっかり手をとめている。

「命知らずにもほどがある」

　リーランドは開口一番になじった。

「もしも盗み聞きに気づかれたら、どうするつもりだったんだ？」

「たしかにまずかったかもしれないけど、なんとか切り抜けたんだからいいじゃない」

「よくない」

　リーランドが憮然とするのもわからなくはない。

　ディアナもあのあと裏階段をかけおりながら、自分がいましがた耳にしたことの意味を吟味するにつれ、ぞわぞわと恐ろしさが募ってきたのだ。

　しばらく姿を消していたことに気づかれた様子はなかったが、もし誰かから不審な動きについて問いただされたら、はたして動揺を隠しきれたかどうか。

「とにかく！」

　ディアナは天板に両手をついた。

「いま大切なのは、せっかくつかんだ情報を無駄にしないことよ」

あれがなにかの符牒でなければ、彼らは人知れず練った計画を、これからまもなく実行に移そうとしているのだ。

ノアが興味津々のまなざしをクライヴに向ける。

「その北の埠頭っていうのは、どんなところなんだ？」

「無数の倉庫が建ち並ぶ界隈だな。夜はほぼ無人になるはずだ」

クライヴは腕を組み、険しい表情で考えこんでいる。

ディアナは我知らず声をひそめた。

「そこになにかを運びこもうとしているのかしら」

「あるいは誰かという可能性もありますね」

「誰か？」

ディアナが不穏なとまどいをおぼえたときである。

おもむろにリーランドが鋭い視線をあげた。

「ヴァシリス王太子か」

「――ありえるかと」

ためらいなくクライヴが認め、ディアナはぎくりとした。

「待って。つまりそれって、いかにもひとめにつかなそうな時分に、殿下をそこまで誘いだして、それで――」

「お命を奪おうという魂胆なのかもしれません」

　第二王子派による、ヴァシリス王太子の暗殺計画。

　もっともこちらが警戒し、あってはならないはずの陰謀が、まさに決行されようとしているというのか。

「で、でもそれにしては杜撰な段取りじゃない？　王宮の外なら護衛だってついているでしょうに、夜更けにそんな怪しげなところまで連れこむだなんて、現実的じゃない気がするんだけど」

　ディアナは激しく狼狽しながらも、にわかには信じがたい気持ちも手伝って、そう反論する。

　しかしクライヴはむしろ深刻な顔つきになる。

「じつは支店長からうかがったばかりなのですが」

　クライヴは《メルヴィル商会》のロージアン支店に日参しており、そこで入手した宮廷方面のめぼしい情報を、ディアナたちに伝えてくれているのだ。

「どうやらヴァシリス王太子は、近くラングランドを離れて、ランドールに向かわれるおつもりらしく」

「ガーランドの王都に？」

「はい。表敬訪問の名目で」

ディアナはすぐさまその意図を察した。

「アレクシアに求婚しようというのね」

「そのようです」

ヴァシリスはすでに書簡でその意を伝えているらしいが、望ましい反応はなく、ついにみずから動くことにしたのかもしれない。

クライヴは続ける。

「ガーランド籍の商船が、渡航のための手筈を整えたそうなのですが、それが王太子殿下と近侍ひとりの船室のみだったというのです」

「ふたりだけ?」

「まずは身ひとつで内々に発たれたいとのご要望で、それゆえあえて大手ではない商船を選ばれたそうなのですが」

尋常ではない依頼に不安を感じた商人が、つきあいのあるアドラムに相談を持ちかけたということらしい。

ようやくディアナにも状況が呑みこめてきた。

「つまり殿下はその船に乗るために、そもそも港に向かう予定なのね」

「それがまさに当夜であることをつかんだ第二王子派が、暗殺を急ぐつもりなのではないかと」

「どうしてそこまで……」

「王太子殿下とガーランドの結びつきを警戒しているからです。殿下もそれだけ身に危険が迫っているのをご承知だからこそ、秘密裡に脱出なさろうとしているのでしょう。とにかくランドールについてしまえば、駐在大使の保護を得られます。そちらには第二王子派の息はかかっていないようですから」

リーランドが皮肉げに口の端をゆがめた。

「自国に留まるよりも、国外に逃げたほうがむしろ安全とは、下手をすれば亡命みたいなものだな」

「たしかに」

クライヴも難しい面持ちで同意して、

「目的が目的ですから、それなりの長逗留にもなりましょうし」

「留守のあいだに、こっちの宮廷を乗っ取られる危険もあるんじゃないか？」

「ええ。だからこそ、なんとしても成果をあげる覚悟で、表敬に臨まれるはずです。仮にラングランド宮廷を牛耳る第二王子派——つまりエスタニア派が、一方的に廃太子を宣言したとしても、女王陛下が王太子を支持する意を表明すれば、ガーランドとエスタニアの全面衝突につながりかねません。先の陰謀の後始末でもめている現状では、本国もそれを望まないでしょうから……」

「王太子がガーランド宮廷で存在感を示すことが、牽制（けんせい）になるわけか」

納得するリーランドのかたわらで、ディアナは眉をひそめた。

「アレクシアも悩ましいところね」

ヴァシリス王太子の遇しかたひとつが、それだけの影響を孕んでいるとは。宮廷作法には慣れているアレクシアでも、さぞや気を遣うことだろう。

しかしそれもヴァシリスが、生きてガーランドにたどりついてこそである。

ヴァシリスが斃れることは、それこそガーランドにとって、もっとも望ましくない状況のはずだ。

「つまりこのままなにもしないで見逃す手はないのよね？」

ディアナはあらためて一同を見渡した。

まっさきに反応したのはノアだ。

「当然だろ。ほっといたらその王太子は殺されるんだから」

「本当に王太子が狙われているのか、証拠はないが」

そう留保をつけつつ、リーランドも賛成する。

「動かないわけにはいかないだろうな。いまから裏を取る余裕はないし、そうとわかったときには手遅れだ」

残るはクライヴだ。なにより彼の協力がなければ始まらない。

しばし考えこんだのち、クライヴは慎重に語りだした。

「王太子殿下はおそらく王宮から、夜会の客などにまぎれて馬車で港に向かわれるのではないかと。しかし我々には、あらかじめ殿下に警戒をうながす手段がありません。それに計画に不備が生じた事態にそなえて、乗りこむ予定の商船がすでに張られている可能性もあります」

「え……それならどうしようもないじゃない」

生きて港を発つことは、とうてい叶いそうにない。

しかしクライヴは、すでに吟味を経たように提案した。

「ですからここは《メルヴィル商会》に援護を願おうかと」

ディアナはその目的を悟り、顔を輝かせた。

「ランドール行きの別の船に乗せるのね？」

「支店長に事情を伝えれば、なんとか手筈を整えていただけるはずです」

もちろん危険はともなうが、それがガーランドのため、ひいてはグレンスター家のためにもなるのであれば、独断で便宜を図るだけの意味はある。

「問題はそれを先方にどう伝えるかだな」

腕を組んだリーランドがつぶやく。

クライヴも思案げにうなずき、

「船客用の桟橋がある南の埠頭は、近くに歓楽街もあるため、夜遅くまで往来が絶えないそうです。刺客はなんらかの手段で標的に迂回路をとらせ、倉庫群に誘いこむつもりなのでしょうが、我々が無数の馬車から目星をつけるのは難しい。となれば北の埠頭でひそかに待機し、いち早く声をかけて警告するしかないかもしれません」

ディアナはにわかに不安をおぼえる。

「それで信じてもらえるかしら」

「商会の名には、それなりの信用があるはずですが……詳細については、支店長の妙案に期待したほうがよいかと」

「そうよね」

土地勘もない自分たちが、ここで悠長に悩んでいてもしかたない。夜は長いが、これから準備にかかるとなれば、もはや一刻の猶予もないのだ。

「ただ本日の業務はすでに終了しているので、どれだけ人手を集められるものか。あなたがたを巻きこむのは本意ではありませんが――」

「もちろん協力するわよ。そのためにあたしがここにいるんだもの」

即答するディアナに、迷わずノアが続く。

リーランドも苦笑しつつ、肩をすくめた。

「あいにく武芸のたしなみはないので、お手柔らかに」

「もちろんです。そのためにわたしがここにいるのですから」

きまじめに請けあい、クライヴはさっそく立ちあがる。

「ではわたしは急ぎ支店長に知らせてまいりますので、戻るまでこちらで待機を」

「――了解」

三人は声をそろえた。

そうと決まれば腹ごしらえである。腹が減っては芝居もできぬ。

冷めてもじんわり旨味が舌にからむシチューを、ディアナは無心にほおばり続けた。

「……くしっ」

ディアナは危ういところでくしゃみを呑みこんだ。

肩を並べたリーランドが小声で訊いてくる。

「冷えたか？」

「まあね。でもここはじかに風が吹きつけてこないから、なんとか耐えられるわ」

「たしかに倉庫の壁が楯の代わりなだけましか」

「あとどれだけ続くのかは気になるけど」

「もう夜半をまわってるからな……」

ディアナたちは港の倉庫群の暗がりに身を潜めていた。

刺客がヴァシリスを襲うとしたら、倉庫群の奥に誘いこんでからだろう。

しかし市内方面から埠頭の先に至る道のりはいくつも考えられるため、それぞれの大路を見通せる十字路に張りこみを分散させて、それらしい馬車が近づいてきたら角灯で応援を呼ぶという段取りになっている。

ノアはクライヴと組み、他にも数組の《メルヴィル商会》の者たちが、隅に雪の積もる小路に目を光らせているはずである。

幸いにも支店長アドラムは、わずかながら王太子と面識があるそうなので、急の説得にも期待が持てそうだ。しばらく自社の倉庫にかくまい、安全を見計らって船まで案内するつもりでいるらしい。

そのあたりは勝手知ったる商会の者たちに、安心して任せられるだろう。

「……くしっ」

「そのくしゃみ」

ふふとリーランドが笑う。

「昔から変わらないな」

「そうかしら？」

「ちびのころから、舞台袖なんかでは芝居の邪魔にならないように、そうやってくしゃみをこらえていただろう」

「言われてみればそうかも」

誰しもなにげない癖ほど自覚がないものだ。

ディアナは両腕をさすりながら、

「アレクシアはどんなくしゃみをしてた？」

「姫さまのくしゃみ？　どうだったかな……」

記憶にないのか、リーランドは首をひねっている。

「まさか王女さまって、くしゃみもしないものなの？」

「さすがにそれはないだろう」

「そうよね。くしゃみひとつで身代わりがばれるなんて、笑うに笑えないもの」

「同感だ」

リーランドはこぼしかけた苦笑を、深い吐息に溶けこませた。

「……本当にな。おまえはあと一歩のところで首を落とされずにすんだんだから、危うく拾った命を、せいぜい大切にしてほしいものだよ」

「してるわよ」

「そうか?」

非難がましげに問いかえされ、ディアナはたじたじとなる。桟敷席での無謀な盗み聞きについて、やはり手放しで認める気にはなれないらしい。

ディアナはもそもそと弁解する。

「……あたしだって反省はしてるわよ。もし失敗していれば、巻き添えであなたたちまで怪しまれていたかもしれないし。でもあのときはどうしても、いまを逃しちゃだめだっていう気がしたのよ」

「そのことはもういいさ。結果として勘は外れちゃいなかったんだし、おまえなりに状況を冷静に判断したうえで動いたんだろう?」

ディアナはこくりとうなずき、

「もたもたしていたら、逆に危ないんじゃないかって」

「だったらまさにおまえの度胸が功を奏したわけだ。いざってときの大胆さは、おまえの長所だからな」

「あ。やっぱり?」

ディアナはおもわずにやついた。

とたんに渋面でたしなめられる。

「そうやってすぐ調子に乗るところは短所だ」

「……はい」

「まったく」

リーランドは呆れたように息をつく。

そして首をすくめるディアナを、気遣わしげにながめやった。

「いまこうしているのだって、おまえは肝心の情報をつかんできただけでも充分な手柄なんだから、あとはクライヴたちに任せてもよかったんじゃないか？　刺客がどこにどれだけ潜んでいるかもわからないんだ。偶然でくわしたら、ついでにかたづけられるかもしれないだろう」

「アレクシアの助けになろうとしたらいけないの？」

「そうじゃない」

リーランドは首を横にふった。

「おれやノアだって、同じ気持ちだからこそラングランド行きに賛成したんだし、いまの環境を楽しんでもいるんだ。おまえも好きなようにすればいいさ。ただ——」

めずらしくくちごもり、わずかに目許をゆがめる。

「おれは不安なんだよ。おまえがあんまりのめりこみすぎて、ひょんなことでまたおれの手の届かな……手に負えないような状況に陥るんじゃないかとさ」

「リーランド」

「おまえがいまにも殺されようとしているのに、おれは手をだせずにそのときを待つしかないなんて、あんな思いは二度と御免だからな」

絞りだすように告げられて、ディアナは言葉をなくした。

ディアナが理不尽に命を奪われかけたあの経験は、リーランドにもまたどれだけ恐怖と絶望をもたらしたものか。

そしてリーランドは見透かしている。

否応なくディアナを取り巻く過去と未来に、どう向きあうか。その問いを宙吊りにしている心許なさこそが、アレクシアのためという文句のない目的に、ディアナを駆りたてていることを。

その無理こそが、予期せぬ落とし穴にディアナを導くのではないかと、不安を感じているのだ。

「大丈夫よ」

ディアナは言った。

「あたしは大丈夫だから」

拙い誓いが宙を漂い、はかなく消える。

長台詞には慣れているはずなのに、いざとなるとこんな愚直な言葉しか浮かばない。

それがおかしかったのか、リーランドはほのかな笑みを洩らした。

「その顔」

「え？」

「やっぱり姫さまとは似ても似つかないな」

ディアナはかすかに息を呑む。

その頬にリーランドは片手をのばしかけ、

「でもここではちゃんと隠しておけよ」

ぐいと頭巾をかぶせなおした。

「――ちょっと！」

いきなり視界をふさがれて、ディアナは抗議する。

なにやら一方的にからかわれたようで、無性に火照る頬をごまかすように、

「ところでその姫さまっていう呼びかた、いつまで続けるつもりなの？」

「いつまでって、いまさら陛下呼ばわりするのも妙だろう」

「呼ばわりって……」

ディアナはおもわず噴きだす。

「でもガイウスが嫌がりそう」

「自分だけの姫さまだって？」

「そうそう」

「ならなおのことやめられないな」

「言うと思った」

他愛無いやりとりで、気をまぎらわせていたときである。

ディアナの耳は、夜風に乗った喧噪（けんそう）とは異なる音をとらえた。

はっとして十字路に身を乗りだせば、数棟先にある倉庫群の端の、がらんとした暗がりから滲（にじ）みだすように、ぼうとした灯（あか）りが近づいてくる。

二頭だてのありふれた四輪馬車のようだが、こんな夜更けに旅籠（はたご）もない北の埠頭をめざしていることそのものが、すでに不自然である。

「ねえ。あれがそうじゃない？」

「おれたちが当たりをひいたようだな」

ふたりは顔をひきしめ、うなずきあった。

打ちあわせていたとおり、無数の倉庫が整然と建ち並ぶ十字路の左右に向かって、角灯をかかげる。すぐに双方から角灯がふりかえされ、アドラム支店長や商会の用心棒、クライヴたちが動きだすのがわかった。

しかし黒塗りの馬車は、予想以上の速さで飛ばしてくる。ここから先は支店長の采配に任せるつもりでいたが、彼らがたどりつくのを待っていては、王太子をひきとめる機会を逸してしまいそうだ。

「まずいな」

「どうするの」

「おまえはここにいろ。おれがなんとかする」

そう告げるなり、リーランドは頭巾をかぶりなおして十字路に走りだした。

角灯を高くかかげながら、疾走する馬車の行く手に立ちはだかろうとする。

馭者が驚いたように手綱を絞るが、すぐには勢いをとめられず、嘶きをあげて十字路にさしかかった馬たちの蹄から横跳びに逃れようと、リーランドはすんでのところで肩から地に転がった。

「――っ！」

宙を舞った角灯が、がしゃんと音をたてて地に打ちつけられる。

ディアナは叫びかけた名をなんとか呑みこみ、倒れこんだリーランドのもとに矢も楯もたまらずかけつけた。

「しっかりして！　怪我はない？」

「……ふう。ぎりぎりだったな」

顔をしかめながらも、リーランドはなんとか自力で半身をもたげた。肩を押さえているが、馬に弾き飛ばされたわけではなさそうだ。

しかし安堵したのもつかのま、

「貴様らいったいなにを考えている！」

駅者の怒声を浴びて、ディアナは我にかえった。

さすがにふらつくリーランドに肩を貸しながら、

「ま――待って！　あたしたち怪しい者じゃないんです」

暗がりになかば姿の沈んだ駅者に向かって、必死で訴える。

「王太子殿下に、どうしてもお伝えしなきゃならないことがあって」

「ヴァシリス殿下にだと？」

駅者は訝しげにつぶやいた。そして一瞬の迷いをふりきるように、ひらりと駅者台から飛び降りると、

「ならばわたしが聞こう」

腰の短剣に手をやりながら、こちらに足を進めてくる。

とたんにリーランドの身体に緊張が走るのがわかった。

ディアナの腕をつかみ、無言でさがらせる。その視線は駅者に据えたままだ。

「待てよ。あんたどうして、おれたちがここで待ちかまえていたことを怪しまない？」

ディアナははっとする。たしかに本来であれば、今夜ここに王太子がやってくることをこちらが知っている時点で、不審がらないのがおかしい。

つまりこの駅者は、北の埠頭の倉庫群で王太子を待ち伏せている者がいると、もとより

承知していたのではないか。

ディアナがぞくりとしたときである。割れた角灯の焔が風にあおられ、馭者の顔が照らしだされた。

「あ……」

それはあの灰茶の髪の男だった。《天馬座》の楽屋口から、桟敷席の密談に加わっていたとおぼしき男。

そしてディアナはおのずと了解した。

「あなた——あなたが王太子殿下を裏切ったのね」

第二王子派の牙城に、堂々と出入りできないわけである。

彼はおそらくヴァシリスの近侍として、王太子のガーランド行きに同道するという機会に乗じ、主をここまで連れてくる役目を担ったのだ。だからこそ視界の悪い夜更けの埠頭でも、躊躇なく馬車を走らせることができたのだろう。

「おまえ……その顔どこかで……」

男のほうもまた、頭巾からのぞいたディアナの顔に既視感をおぼえたらしい。ほどなく酷薄な笑みに頰をひきつらせた。

「なるほど。芝居小屋に鼠が紛れこんでいたか」

彼はためらいなく短剣を抜き払い、

「間一髪で注進に走ったつもりだろうが、残念だったな」

リーランドの喉許めがけて右腕をふりかぶった。

しかし丸腰では応戦もかなわず、とっさには逃げることもできずに、リーランドの腕にしがみついたまま身をすくめた次の瞬間――。

「――ぐっ！」

低く呻いて身をこわばらせたのは、男のほうだった。

おずおずと様子をうかがえば、仰け反った胸のあたりからなにか鋭いものが突きだしている。ぎらりと焔を照りかえしたそれは、男の背から貫かれた長剣の先だった。

そうと気づいて、ディアナは声なき悲鳴をあげる。

「やはりおまえだったか」

ひどくおちついた――冷ややかな声で告げたのは、白銀の髪を夜陰に浮かびあがらせた長身の青年だ。

彼がひと息に剣を抜き去ると、近侍の男は力なくよろめき、ごふりと血を吐いて両膝を折った。

「殿……下」

「航海中に始末をつけるつもりかと睨んでいたが、いくらか早かったな」

白皙の美貌は目許に甘さを含んでいるが、ついに倒れこんだ男をながめおろすまなざしに、憐(あわ)れみの色はない。

青年は――ヴァシリス王太子は低く問うた。

「なぜエドウィンについた」

「あなたに……仕えていて、も……未来は、ない」

「どのみちおまえに、憂うべき未来はなかったな」

ヴァシリスは無感動に応じ、心の臓に剣先を捻(ねじ)りこんで息の根をとめた。

凍りつくディアナのすぐそばで、虚空にすがる男の瞳が、錆(さ)びた鏡のように光をなくしていく。

やがてヴァシリスは剣先から血を滴らせたまま、

「しておまえたちは――」

謎の男女の素姓を気にしてか、こちらをふりむきかける。

そこに遅ればせながら、支店長がみずから名乗りをあげた。

「王太子殿下！　おそれながらわたしどもは《メルヴィル商会》の者でございます」

「メルヴィル？」

ヴァシリスはすぐに理解の及んだ表情で、

「たしかそなたとは、ロージアンの支店で……」

「はい。ありがたくもご視察の折に、お目にかかったことがございます。我々は偶然にも海軍卿一派の策謀にふれる機会を得ましたが、いち早く殿下のお耳に入れることもままならず、こうしてお知らせにまいりました次第です」

荒く息を弾ませながら、アドラムは手短に状況を説明する。

「おそらく海軍卿一派は、殿下の渡航を阻止せんと、港の随所に目を光らせているはずです。殿下におかれましては、滞りなくガーランドに向けてお発ちいただけますよう、商会が手を尽くす所存でございますれば、ひとまずはわたしどもの倉庫に身をお隠しくださいますよう」

「その言葉だけで、そなたたちを信用しろというのか」

冷静にかえされ、アドラムはわずかにひるむ。

だがすぐさま強いまなざしで訴えた。

「我々の真の主は、ラングランドとの末永い友好を望まれるガーランド女王でございますれば、我々に対する信用は、アレクシア女王陛下に対する信用と同義であるとお考えいただきたく」

「ほう」

大胆にも女王の名を持ちだされ、ヴァシリスはおもしろがるように眉をあげた。

アレクシアに求婚するつもりなら、アレクシアを信じないはずがない。

アレクシアを信じられないのなら、求婚する資格もない。

女王の名を借りてその選択を迫るとはいかにも不敬だが、それだけの覚悟を伝えているということだろう。

「そうまで言われては、信用せぬわけにはいくまいな」

はたしてヴァシリスが降参したとき、どこからか甲高い指笛が夜空を裂いた。

「いたぞ」「こっちだ」と呼びかわす声に続き、埠頭の先のほうから複数の人影がこちらに迫ってくる。計画の不首尾に勘づいた刺客たちが、急ぎやってきたのだろう。

すかさず支店長がヴァシリスをうながす。

「どうぞお早く。追いつかれるまえにご案内をせねばなりません」

「――では先導を」

「こちらです」

ヴァシリスは剣先の血を無造作に払ってから、支店長に従った。

商会の用心棒がそちらに続き、クライヴは立ちつくしたままのディアナたちを逆方向に急(せ)かす。

「ディアナさま。我々も散って逃げ延びましょう」

リーランドともども我にかえり、ディアナはうなずいた。

しかし十字路に背を向けて走りだそうとしたところに、

「待て。おまえたちにも礼を――」

そう呼びとめられて、おもわずふりかえる。とたんに真正面から疾風が吹きつけ、一瞬にして頭巾をさらわれたディアナの髪が、宙に舞いあがった。

きらめく黄金の髪が、命を孕んだように踊りたなびく。

「あ」

ディアナは息を呑んで立ちすくむ。

十字路の向こうでは、ヴァシリスが目を奪われたように、そのさまをみつめていた。

第3章

ヴァシリス王太子に、ディアナの存在を知られたかもしれない。

午後の執務室で、しばし休息の香茶を楽しんでいたアレクシアは、ラングランドからの火急の報せに絶句した。

「あの馬鹿者が。不用心にもほどがある」

同席していたガイウスが、額を押さえてうなった。

報告にかけつけたアシュレイも、当惑を隠せない面持ちである。

「あくまで去りぎわに頭巾が脱げただけだから、印象に残ったのはきみとよく似た髪だけだろうとのことだけれど」

「そうであればよいのだが……」

アレクシアは心の底から祈らずにいられなかった。ディアナの素姓にまつわる興味が芽生えれば、おのずとこちらの出生にまで疑惑が飛び火しかねない。

「それにしても」

アレクシアは心をおちつかせようと、ふたたび茶器にくちびるを寄せながら、北の異国に想いを馳せる。

「ディアナがつかんできた情報のおかげで、王太子殿下の暗殺を阻止できたのなら、まさに百人力の働きだな。やはりあの子はたいしたものだ」

「むしろ百の災いを呼ぶのではないかと、まさに不安を感じておりますが」

渋い口調のガイウスは、あくまでディアナには手厳しいのである。

アレクシアはぎこちない笑みをかえしながら、

「わたしも彼女の気負いすぎを危惧してはいるけれども」

そうつぶやき、人知れずディアナの動向を気にかけているだろうアシュレイに、視線を向けた。

「わたしの公務にいくらか余裕ができれば、なにか理由をつけてそなたをラングランドに派遣することもできるのだが」

アシュレイは首を横にふった。

「きみの配慮はありがたいけれど、それがディアナの望みなら、彼女の領分にぼくが踏みこむつもりはないよ」

「そうか」

おちついた語りようだが、アシュレイのまなざしはいささか複雑である。

いまのディアナの環境は、まさに身になじんだ古巣での暮らしも同然だ。

長年の仲間たち——とりわけリーランドが常にそばについているのも、心穏やかならぬ理由だろう。

しかしみずからそれを選んだディアナの意思を尊重することが、彼女の居場所を奪ったグレンスター家の者として、越えてはならない一線だと考えているのかもしれない。

ガイウスは冷めかけの香茶を飲み干して、

「ともかくもその報せがこちらに届いたということは、ヴァシリス王太子もランドールに到着されているのだな」

「ええ。積み荷にまぎれて、商会の快速艇に同乗されたそうです」

ならばじきに対面の機会がおとずれるわけだ。

アレクシアはひとつ深呼吸をした。

「もはや逃げ隠れはできないのなら、こちらも腹を括るしかないな。ラングランドの情勢について、うかがわねばならないことはたくさんあるし」

グレンスター経由の情報で把握できていた以上に、王家をめぐる勢力争いはさし迫った状況のようだ。

こうなったからには、ガーランドの商会がヴァシリスを救った功績を、活かさない手はない。命の恩人を気取るつもりはないが、より詳しい内実と本音を訊きだす足がかりにはなるかもしれない。

するとの女官のタニアが執務室に顔をだした。

「女王陛下。《メルヴィル商会》の使者が控えの間においでですが、こちらにお呼びしてもよろしいですか？」

すかさずガイウスが表情をひきしめる。

「ラングランドの件か」

「そうではない」

アレクシアはたちまち声を弾ませ、

「別件でわたしが約束をとりつけていたんだ」

「ではわたしは外しましょうか？」

「とんでもない。むしろおまえにこそいてもらわなければ。客人はおまえの知人でもあるのだからな」

「わたしの？」

首をひねるガイウスをながめやり、アレクシアはふふと笑う。

そこにさっそく一組の若い男女が通されてきた。そろって明るい栗色の髪をしたふたりの姿に、ガイウスが驚きの声をあげる。

「ティナにロニーか。久しいな」

ロニーとティナの兄妹とは、アレクシアも戴冠を控えた時期に、グレンスター邸で顔をあわせて以来である。しかしロニーとは故あって、個人的な書簡のやりとりを続けていたのだ。

そしていざ兄妹と語らいのときを持つことにしたのだが、人生初の王宮にすっかり怖気づいている様子だ。仔兎のように肩を寄せあうふたりを、アレクシアはみずから足を進めて出迎えた。

「ふたりとも、今日はわたしの招きに快く応じてくれてありがとう。ティナは王都までの旅で疲れているのではないか？」

「お、おかげさまで、元気いっぱいです」

「どうかそのようにかしこまらずに。わたしのことは、市場で出会った憂いの美少年だとでも思ってくれればいい」

市井での初対面を持ちだし、ぱちりと片目をつむってみせると、ティナはますます恐縮したように赤面した。

「……いまさら無理です」

ともあれアレクシアはいそいそと、ふたりをお茶の席に加えた。

タニアがてきぱきと茶器の用意をするかたわらで、

「さっそくだが、頼んでいたものを見せてもらえるだろうか」

アレクシアがきりだすと、ティナは握りしめていた布袋を持ちあげた。

「はい。なるべくいろんな種類を選んで持ってきたんですけど、こんなものでお役にたつかどうか……」

小声で言い添えながら袋の口を解き、中身をざらざらと円卓に広げる。

それをのぞきこんだタニアが、ぱっと顔を輝かせた。

「あら。きれいですね」

ガイウスも興味深そうに、卓の隅まで転がってきたそれを摘みあげる。

「これは……貝釦ですか？」

「そうだ。素晴らしい光沢だろう」

アレクシアはついつい得意げになる。

淡い青から紅まで、それぞれの貝の色味を下地にしながら、波打つ虹の光をまとわせた大小の釦は、いとも美しい。

グレンスター邸で兄妹と会ったとき、たまたまアレクシアが目をとめたのが、ふたりが無造作に身につけていたティナの手製の貝釦だったのだ。貝釦は通常とても高価なことで知られているが、訊いてみれば地元の海で採れた貝殻を、手ずから加工したものばかりだという。

そのときは工夫に感心しただけだったが、しばらく王都の《メルヴィル商会》に留まることになったロニーにあれやこれやと詳細をたずねるうちに、すでに地元に帰ったティナを呼び寄せてもらうことに決めたのだった。

「地元というのは、我々が打ちあげられた、あのウィンドロー近郊の海岸ですか?」

ガイウスに問われて、アレクシアはうなずいた。

なめらかな釦の群れに手をすべらせながら、

「どうやらあの海では、貝釦に向いた貝が採れるらしい。だからこれが売りものになるのではないかとひらめいたんだ。ときにティナは、どれほどの頻度でこの作業に手をつけていた?」

「それはほんの手慰みみたいなものです。たいていは冬の長い夜だとかに」

「夜業(よなべ)だな」

「夜業をご存じなんですか?」

「友と励んだこともある」

嬉々と告白するアレクシアの隣では、ガイウスが笑いをかみ殺している。

アレクシアはかまわず続けた。

「つまりやりようによっては、まとまった数を納めることもできるはずだ。ウィンドローの近郊が美しい貝の産地として、あるいは収入につながる手仕事として広まれば、海沿いの集落にもいくらか活気が戻るかもしれない。あのあたりはひどく寂れてしまったというから……」

ロニーが信じがたいようにつぶやく。

「あんな田舎(いなか)の集落のことを、陛下がそんなふうに考えていらしたなんて」

「あれこそがガーランドの現実だ。ランドールや一部の都市のにぎわいは、むしろ崩れかけた寒村の暮らしがもたらしたまやかしにすぎないのかもしれない」

さまざまな理由で、明日の暮らしもままならなくなった人々が、生き延びるために町をめざす。しかし雪崩れこむすべての人々に充分な職があるわけはなく、結局はディアナのような孤児たちが死と隣りあわせで生きることにもなる。そうしたひずみは、もうすでに長く続いてきたのだろう。

「もちろんそれなりの工夫は必要になるだろうし、うまくいくかもわからない。それでも試してみるところから始めてみたくて」

アシュレイも一考に値するというように、

「たしかにガーランドの発展に必要なのは、なにより新しい産業だ。特産品が王都で評判になれば、需要は一気に高まるだろうね」

「そう。そのためにも《メルヴィル商会》の知恵を借りたい」

アレクシアは釦をすべらせ、大小や色あいの順に並べなおした。

「どのような規格に沿って、どのような品をそろえれば、売りものとしての価値が備わるのか。まずはこの貝を鑑定してもらうところからだが、わたしの勘では一級の舶来品には及ばずとも充分に通用するはず！　ティナさえ嫌でなければ、目利きにも立ち会ってもらえるとありがたいのだが」

「嫌だなんて！　むしろあたしなんかが加わっていいんですか？」

とまどいと興奮が交錯するように、ティナは頰を紅潮させている。

「もちろん。作り手としての意見は、なにより貴重なものなのだから」

一流の職人による一流の品だけが、この世の需要を満たしているわけではない。必要とされるところに、必要なものを届ける。それが大勢の人々のちいさな満足を生む。そんな豊かさをめざしてもよいはずだ。

アシュレイが口許に手をあてて、アレクシアの提案を吟味する。

「《メルヴィル商会》なら実績もあるし、グレンスター家からの働きかけもそれなりに効くと思う。もちろん先方もきみと良好な関係を築くことを望んでいるだろうけれど……新規の商売に手をつける、それもみずから育ててとなると、二の足を踏むかもしれない。あちらも商売だから」

その点についても、アレクシアにはひとつ考えがあった。

「では専売特許状を発行するのはどうだろうか」

アシュレイが名案を耳にしたように、

「なるほど。きみの名で独占権を与えるのか」

「わたしの治世における、記念すべきひとつめの特許状だ」

アレクシアはいそいそと身を乗りだす。

「軌道に乗るまでは、上納金も取らない。そういう条件であれば、商会としても食指が動くのではないだろうか」

「たしかにそれなら色好い反応が期待できるかもしれないね」

アシュレイは納得したようにうなずき、

「明日にもバクセンデイル侯に相談してみよう。侯も現行の専売権には思うところがあるようだから、これを機にそちらの見直しも進めたらどうかな」

「わたしもそうできればと考えている」

王権で与えることのできる特許状は、投資の必要もなく、定期的な収入が期待できるので、乱発されがちという欠点がある。結果として商売の独占で不当な利益をあげる業者もでてくるわけで、そうした悪弊も改めていかなければならないだろう。

ひとつひとつ確実に、釦を嵌めるように。

アレクシアは静かな熱意を胸に、まろやかな七色の光をまとう無数の釦を、しばし指先に遊ばせた。

王太子ヴァシリスは淡い紫苑の瞳をしていた。

煙る双眸に映りこむおのれの姿を、息をとめてみつめかえす。

アレクシアの人生でもっとも長く感じられる、対面のひとときであった。

「なぜでしょうか」

ヴァシリスは第一声で問いかけた。

「おそれながら女王陛下——あなたとはすでにどこかでお目にかかっている気がしてなりません」

アレクシアは心の臓がとまりかける。

焦げつくようなガイウスたちの視線をうなじに感じながら、なんとか頬に笑みをかたちづくった。

「わたしの似姿を、市井でご覧になられたのではありませんか?」

「そんなはずは……」

なおも記憶をさぐる面持ちのヴァシリスは、かまをかけているようでもなく、ほどなく我にかえった様子でかしこまった。

「これではまるで陳腐な口説き文句ですね。どうかお許しを」

「とんでもありません」

アレクシアは気まずさを埋めようと、とっさにとりなした。

「ともするとそのご記憶は、夢の名残りであるやもしれませんね」

「夢の？」

「刺客の兇刃（きようじん）から危うく逃れられたとの報せに、御身を案じておりましたから」

ヴァシリスは興をそそられたように、

「つまり夢路をたどっておいでになられたと？」

「ガーランドにはそのような言い伝えもございます」

「我がラングランドも同様です」

ヴァシリスは上品なかんばせに、ほのかな笑みを宿らせた。

「ならばむしろわたしのほうが、あなたの夢に赴いたのでしょう。こちらこそ一刻も早くお目にかかり、即位のお祝いをお伝えしたかったのですから」

アレクシアは心よりの謝意を述べる。

「隣国ラングランドの祝福は、なにより心強い支えです」

「近くて遠い隣国ではありますが」

「そうですね」

アレクシアは真摯にうなずき、

「殿下のご滞在を機に、両国の友好を深めることができたらと望んでおります」

そう伝えると、ヴァシリスはためらいがちにたずねた。

「それはこのわたしを、次期王としてお認めくださっているということでしょうか？」

「もちろんです」

「ですが恥ずかしながら、王太子としてのわたしの地位は、決して安泰とはいえません。現に近侍の離反によって、命を奪われかけたばかりです」

「その件にはわたしも心を痛めております。さぞや衝撃を受けられたことでしょう」

「それほどでもありませんよ」

「え？」

さらりと流され、アレクシアは一瞬のとまどいをのぞかせる。

それを見て取ったように、ヴァシリスはかすかに苦笑した。

「むしろわたしの人望のなさが招いた、当然の帰結なのではないか。そう疑われておいでのものと、覚悟のうえで罷(まか)り越したのですが」

「まさか！」

アレクシアは即座に否定した。

「わたしの弟は心優しく聡明で、君主としての資質も兼ねそなえておりました。にもかかわらず――」

あまりに卑劣で無慈悲な陰謀によって、その幼い命を散らしたのだ。

たまらず声を詰まらせたアレクシアの代わりに、ヴァシリスがその名をつぶやく。

「エリアス王太子殿下ですね」

アレクシアは目を伏せ、うなずいた。

「病がちの身であることを気にかける向きもありましたが、責めを負わねばならぬような落ち度など、あの子にはなにひとつありませんでした」

「惜しいかたを亡くされたのですね」

「最愛の弟でした」

「あなたのお悲しみに思い至らず、浅はかな物言いをいたしました」

ヴァシリスはためらいなく頭を垂れて、

「どうかお気を悪くなさらないでいただきたい。わたしとエドウィンの仲は、おふたりのように深い情愛に満ちたものではありませんので」

「……いずれ詳しくうかがえましたら、ガーランドとしてもお力になれることがあるかと存じます」

齢の離れた異母兄弟の実情はうかがい知れないが、そこにはおそらくエスタニアの思惑も影を落としているはずだ。

そうした背景がある以上は、ガーランドとしても傍観を決めこむわけにはいかない。むしろ積極的な援護の手をさしのべる心づもりもあることを、アレクシアは慎重にほのめかすにとどめ、

「ともあれガーランド宮廷は、ヴァシリス殿下のご滞在を心より歓迎いたします。なにかご要望があれば、どうぞ遠慮なくお申しつけくださいませ」

気を取りなおして告げる。

するとヴァシリスも晴れやかにきりだした。

「ではさっそくにもよろしいでしょうか」

まさかいきなり求婚するつもりでは。

アレクシアは身がまえるが、さすがにそこまで不躾な要求ではなかった。

「ロージアンにてわたしの窮地を救い、安全に出国する手筈を整えてくれたガーランドの貿易会社のことなのですが」

「《メルヴィル商会》のロージアン支店ですね」

「彼らのめざましい働きぶりと、女王陛下の臣としての矜持に、あらためて感銘を受けた

ものですから」

　アレクシアは小首をかしげつつ、

「ランドールの本店に視察をお望みですか？」

「お許しいただけるものならぜひ」

「そういうことでしたら……」

　肩越しにバクセンデイル侯をうかがい、了承のうなずきを確認してから、ヴァシリスに向きなおる。

「ではさっそく申し伝えましょう。近年の《メルヴィル商会》の業績には、わたしも注目をしております。ラングランドとの交易にもますます貢献してくれるものと期待を寄せておりますので、殿下におかれましても、ぜひ率直な所感をお聞かせいただけましたらありがたく存じます」

「それはもちろん。ですが願わくば——」

　ヴァシリスはそこで遠慮がちに声をひそめた。

「女王陛下おんみずからに、お忍びで王都をご案内いただく僥倖に与りたく」

「お忍びで？」

　これにはアレクシアも驚かされる。

「はい。ガーランドの民の真の魅力にふれるには、そのようなかたちで陛下におつきあいいただくのが一番ではないかと愚考いたしまして」

たしかに身分を隠せばこそ体感できる、市井の日常というものはある。即位してからのアレクシアも、できるだけ頻繁に民に姿をみせるようにしているが、それはあくまで女王としてだ。

ガイウスを連れたかつてのお忍びのように、あるいはリーランドたちと市井に身を潜めていたときのように、王族としての注目を浴びることなく、ふたたび王都の活気を味わうことができるのなら。

それはアレクシアにとっても、おもいがけず心惹かれる提案だった。

しかしこれこそアレクシアの一存では決められない。異国の王太子の身になにかあっては大変なことになるが、いつものようにアレクシアの近衛隊が警護を固めていては、そもそもお忍びにならない。

はたしてバクセンデイル侯やガイウスは、とまどいの視線をかわしている。

ヴァシリスはそれも想定していたのか、

「わたしの警護については、どうぞおかまいなく。自分の身は自分で守れますし、いざとなれば我が身を挺してでも女王陛下をお守りいたします」

腰の長剣に手を添えながら、その視線をつとガイウスに向ける。

「しかしあえてわたしが気負うまでもなさそうですね。あなたには抜群に腕のたつ武官がついておいでのようだ」

アレクシアは目をみはる。

「おわかりになるのですか?」

「これでも多少の修羅場をくぐり抜けてきた身ですからね」

ヴァシリスは物騒な境遇をさらりと明かし、

「ご紹介をいただけますか?」

ほがらかにうながす。アレクシアは我にかえり、ガイウスに目を向けた。

「この者はアンドルーズ侯爵家のガイウス。かつてはわたしの護衛官を、現在は近衛隊長として隊の者を率いております」

「アンドルーズ」

ヴァシリスは得心したように、

「なるほど。ではきみが先の戦役の英雄なのか。ならば腕がたつのも当然だな」

「……おそれいります」

こわばる表情を隠すように、ガイウスは頭を垂れる。

しかしこれにはガイウスのみならず、謁見に立ち会っているすべての者が、息をとめずにいられなかった。

国境での籠城戦において活躍し、ガーランドの優勢を決定づけたガイウスは、あくまでガーランドにとっての英雄でしかない。

ヴァシリスも一同のいたたまれなさを敏感に察したのか、

「誤解しないでいただきたい。いまのは嫌味などではなく、心からの賛辞です。あの戦役で結ばれた休戦協定のおかげで、以降は両国で無益な殺生をくりかえさずにすんでいるのですから」

たしかにガーランドとラングランドは、国境に長い石壁が築かれてからも、各領地の兵を集結させた総力戦や、小競りあいが幾度も勃発してきた。

ラングランドは先の戦役での不甲斐ない結末に懲りたため、現状はおとなしくしていると、ヴァシリスは認識しているのかもしれない。そしてみずからの治世においても、不毛な衝突はぜひにも避けたいと考えているのであれば、それはガーランドとしても望ましい姿勢だ。

もちろん表向きの社交辞令にすぎないのかもしれない。

それでもアレクシアは気がついていた。

すでに国内外からおとずれたあまたの求婚者の誰ひとりとして、ガーランドの民の暮らしにまで興味を向けた者はいなかったことに。

ほのかな期待は――なぜか不穏な胸のざわめきにも似ていて、アレクシアはやや遅れてその正体を悟る。

ヴァシリスの真の目的は、ガーランド女王に求婚することだ。

それを穏便に保留するという戦略が、はたして最善手なのか。

もしもそうではない選択を、誰もがアレクシアに望んだとしたら、そのとき自分は女王としてどうするべきなのだろうか。

かろうじて均衡を保っていた天秤を、北からの風がゆらりと傾かせる。

かたわらに控えるガイウスの視線を感じながら、アレクシアはそちらをふりむけぬままでいた。

いつもの夕食の席で、クライヴは報告した。

「ヴァシリス王太子は無事ランドールに到着され、宮廷での謁見も滞りなく終えられたそうです」

ノアが小鱈の燻製で口をもぐつかせながら、

「ディアナの素姓は怪しまれてないってことか？」

「いまのところはそのようですね」

ディアナは食卓に突っ伏した。

「よ……よかったあ」

「あまり無茶はなさらぬようにと、陛下は案じておいでとのことですが」

「う」

「ほらみろ」

リーランドに追い打ちをかけられて、ディアナはしょげかえる。

アレクシアのためにと張りきりすぎて、逆に心配させては本末転倒だ。若き女王の心を悩ませることは、ただでさえ多いのだろうから。

「とはいえ王太子をお救いしたことには、いたく感謝されています。殿下がお亡くなりになり、第二王子が立太子されれば、ラングランドにおけるエスタニアの影響力が増すことが、なにより懸念されますから」

「そうなのよね」

第二王子派の本気を、身を以て味わうはめになったディアナとしても、もはや杞憂(きゆう)ではすませられない。

「殺された近侍の男についてはどうなの？」

「北の埠頭で遺体が発見されたという噂はありません。殿下が危うく暗殺を免れたという噂も。おそらく海に沈められたか、どこぞに埋められたか。いずれにしろ宮廷では、殿下とともにガーランドに渡っているとみなされているのではないかと」

ディアナはうなずいた。ヴァシリスの近侍が殺されていれば、まさか王太子みずから手をくだしたとは、誰も思うまい。第二王子派としては、事件そのものを闇に葬るのが得策なのだろう。

「彼が生きていたら、いまごろあたしたちは《天馬座》にいられなかったのよね」

「もしも逃げ遅れれば、まとめて殺されていただろうな。おれたちがどこから送りこまれてきたか、まずは拷問で口を割らせようとしたかもしれないが」

リーランドがさらりと恐ろしい科白を吐き、ディアナは首をすくめる。

あの男が命を絶たれたおかげで、ディアナたちの秘密も暴かれずにすみ、いまも裏方として《天馬座》に出入りすることができている。

それがいかに危うい綱渡りであるか、ディアナとしても自覚していないわけではないのだが。

「それでも続けられるおつもりですか？」

クライヴに問われ、ディアナは居住まいを正した。

「じつは《海軍卿一座》が、新作の準備を始めるそうなの。近々その稽古にかかるみたいなんだけど、それが意欲作らしくて」

「ぜひそちらにも参加されたいと？」

「違うの。もちろんそうできるに越したことはないけど、今回は芝居の題材そのものが気になるというか」

「なるほど?」

いまひとつ事情が呑みこめない様子のクライヴに、リーランドが説明する。

「おれたちにもまだ詳しいことはわからないんだ。ただどうやら政治色の強い――それもかなりきわどい展開の台本を求められているようでね」

「求められている?」

「座長が海軍卿の屋敷に呼びつけられて、打ちあわせをかさねているらしい」

クライヴがはっとする。

「では第二王子派が」

「なにかしかけてくるつもりかもしれない。ヴァシリス王太子の不在を狙ってな」

たとえば人心が第二王子に傾くような芝居を好演することで、ヴァシリスを追い落とすための下地をおのずと醸成する。

そんなことのために、芝居を利用しようとしているのかもしれないと考えると、芝居を愛するディアナとしては複雑だ。芝居の力を知るからこそ、迫真の演技が心を動かすさまをまのあたりにしたいという期待もまた疼く。

たかが芝居。されど芝居なのだ。

「たしかにそれは気になるところですね」

状況を理解したクライヴが、難しい面持ちでつぶやく。

「取りかえしのつかない流れにならなければよいのですが……」

ひたひたと《天馬座》を満たした水があふれだし、やがてすべての街路をさらう濁流となる。

そんなさまが脳裡に浮かび、ディアナはたまらず目をつむった。

お忍びの当日は、幸いにも晴天に恵まれた。

氷の鈴がりんと鳴るような、冴えわたった冬の陽光が、眩しくも清々しい。

予定をやりくりするのに十日ばかり要したが、なんとかヴァシリスの望みに副うかたちでの王都めぐりにこぎつけることができた。

単純ながら、好天の城下にくりだせるというだけでも、すでにアレクシアの気分は弾んでいる。しかし徹頭徹尾ガイウスは乗り気ではなさそうだった。

「やはりなにか魂胆があるのでは？」

王宮を出発した馬車に揺られながら、ガイウスはなおも気がかりを訴える。

同乗しているのはアレクシアと女官のタニアのみ。ラングランド大使の公邸に逗留しているヴァシリスを、これから拾いに向かうところである。

「話題の芝居見物も、戴冠式をあげた聖アルスヴァエル大聖堂詣でも、わざわざ姫さまがお連れするまでもないはずです。にもかかわらず、あえて身分を隠してのご案内まで乞うとは」

「もちろん非公式の気楽な視察をきっかけに、よりわたしと近づきになりたいとの思惑はおありだろうが」

「それだけではないかもしれません」

「というと？」

「隙をついてお命を狙うつもりでいるとしたら？　あのかたは剣の扱いに慣れておいでのようですし」

とたんにアレクシアの隣で、タニアが疑わしげな声をあげた。

「さすがに考えすぎではありません？　せっかくの求婚相手を、みずから手にかけてどうするというのですか」

「その目的そのものが偽りということも考えられる」

「まさか」

タニアはますます呆れたように、

「女王陛下とのご結婚こそが、お国でのあのかたの地位を盤石にするための、かけがえのない足がかりですのに」

もっともな主張をする。ガイウスの不安はアレクシアにも理解できるが、ここはタニアの意見に賛成だった。

アレクシアは言う。

「殿下はただ内密に、わたしと私的なお話をなさりたいのではないだろうか」

「ひょっとして……聞いているこちらがおもわず赤面してしまうような、熱烈な愛の言葉をささやかれるおつもりでしょうか？」

ひそめたタニアの声からは、それを期待する響きが感じられなくもない。

たちまちガイウスが目許をひくつかせ、アレクシアは苦笑した。

「そうではない。たとえばラングランド宮廷の内情についてつまびらかになさり、理解を求めるのであれば、それはおのずとスターリング家という王族について語ることをも意味するだろう？」

アレクシアの示唆を汲み、ガイウスがたずねる。

「つまり兄弟の確執のようなものについてですか？」

「そう。同じ王族だからこそ、腹を割って語りあえることがあると、お考えなのかもしれない。現にわたしはウィラード兄上を投獄しているし」

そのことについて、ヴァシリスがどう考えているのかは、まるでわからない。その意味でも、やはり処刑は急がずにいて正解だったかもしれない。

ガイウスは当惑したまなざしで、

「ではもしもヴァシリス殿下が、お忍びのさなかに人払いを望まれたら？」

「お応えしなければならないな」

「認められません！」

「だがそれは女王としての責務だ。声が届かぬほどの距離に、おまえが控えていれば平気だろう」

「いざというときは手遅れになります」

ガイウスは喰いさがり、小夜啼塔での失策を持ちだした。

「ローレンシアの王太子が策を弄してわたしを遠ざけ、野蛮にも姫さまに迫られたことをお忘れですか？」

「……もちろん忘れてはいないが」

アレクシアはいたたまれずに視線をさまよわせる。

「ヴァシリス殿下が、あえてわたしの信用を損なうことをなさるとは思えない。あのかたのお命をお救いしたのは、まがりなりにもガーランドの者たちなのだし」

「しかしそのときに裏切った近侍を、躊躇なく刺し殺したそうではないですか。わたしはあのかたに、レアンドロス殿下に勝るとも劣らぬ危うさを感じずにいられません」

ガイウスが言い募り、アレクシアはどきりとする。

たしかに遅れて届いたその報せには、アレクシアも動揺をおぼえずにいられなかった。だがみずからの手で始末をつける潔さは、むしろ王族にふさわしいともいえる。なにもその近侍が絶命するまで、残虐にいたぶったというわけではないのだから……。

「ガイウスさま。そのように不安ばかり煽るのはお控えくださいな」

おもむろにタニアがたしなめた。

「せっかくのお忍びを女王陛下は楽しみにされていたのですから、見苦しい僻み(ひが)で台無しになさりたくはないでしょう？」

「わたしはなにも、僻みで難癖をつけているわけでは」

「そうですか？」

ガイウスに抗議されても、タニアはおちつきはらっている。

「陛下を愛しておいでならどんとかまえて、いざというときは自分がかならずお守りすると誓えばよろしいのです。そうであればこそ、陛下はどのような危機にも毅然(きぜん)と立ち向かうことができるのですから。そうですよね？」

タニアがこちらに視線を受ける。

アレクシアはほほえみかえした。

「タニアはよくわかっているな」

「ふふ。おそれいります」

「……きみはどんとかまえすぎだ」

ガイウスはげっそりと肩を落とす。

ともあれひとまずはアレクシアの望みに従うと同意したところで、馬車はラングランド大使の公邸に到着した。

門前にはすでにヴァシリスの姿がある。

お忍びを意識して、アレクシアたち三人と同様に、華美な装飾は控えめの装いだ。これならものめずらしげに市井をうろついていても、地方貴族とその従者の一行とでもみなされることだろう。

「このような寒空に、お待たせをしてしまいまして」

アレクシアが詫びると、

「どうかお気になさらず。陛下のお越しに焦がれるあまり、白い吐息も甘い琥珀にとろける熱さでありましたから」

寒さに凍える息を、熱で溶ける砂糖に喩えてくるところが、さすがは宮廷作法に慣れた王太子である。

アレクシアの隣はタニアが、正面はガイウスがすでに固めているが、こだわりなく空席に乗りこんでくる。

「まずはどちらにお連れいただけるのでしょうか？」

さっそく問われたアレクシアは、みずからも貴重なひとときを満喫するべく、晴れやかに応じた。

「よろしければこのままリール河に向かい、対岸の《天空座》までご案内できたらと。お望みなら小舟で近くの桟橋につけることもできますが」

「それならぜひとも、渡し船の乗り心地を試してみたいものですね」

「ではそのように」

ヴァシリスの意向を汲み、馬車は河岸沿いに下流をめざした。

対岸の《天空座》にもっとも近い桟橋におりると、

「これは壮観ですね」

ヴァシリスは水面を埋めつくす大小の帆船に、感嘆の声をあげた。

ラングランドの王都ロージアンも港湾都市として栄えているが、多くの荷は海岸の埠頭で積卸されるため、河を行き来する大型船はここまで多くないという。

少々ぐらつく桟橋で客待ちをしていた渡し船は、二人乗りの数隻のみだった。ちょうど開演をめがけて人々が押し寄せたところなのか、多くが出払っているようだ。

それを見て取るやいなや、タニアがさりげなくヴァシリスに声をかける。

「王太子殿下。おそれながらお手をお貸しいただけますか？」

「――もちろんです。どうぞこちらに」

ヴァシリスは不満をあらわにすることもなく、ふたりはそのまま連れだって小舟に乗りこんでいく。

「わたしたちもまいりましょう」

ガイウスにうながされたアレクシアは、ふと足をとめて河岸をふりむいた。

深くかぶった頭巾越しに、誰かの視線を感じた気がしたのだ。

「どうかなさいましたか」

「気のせいかな」

「もしや姫さまのご身分を疑う者が？」

「だとしても河を渡ってしまえば平気だろう」

誰かが注目している様子はない。通りすがりにちらと目をとめただけか、こちらが必要以上に過敏になっているだけなのかもしれない。

こんなふうにひとめを意識せずにいられたリーランドたちとの日々が、なんだか無性に懐かしい。

アレクシアたちが向かいあわせに腰をおろすと、船頭は巧みに櫓(ろ)をあやつり、すいすいと対岸に漕ぎだしていく。

きらめく水面の目映(まばゆ)さを味わいつつ、

「タニアがうまく気を利かせてくれたな」

アレクシアは波音にまぎれるようにささやいた。

ヴァシリスと同乗するのはアレクシアとしても避けたかったが、面と向かって拒否する気まずさを、タニアのおかげで回避することができた。

ガイウスもひそかに安堵していたようで、

「わたしの母も彼女の機転を高く評価しておりました」

「どんとかまえているところも？」

「まあ、そうですね」

ガイウスは降参したように認めた。

いつもの砕けた苦笑に、アレクシアはほっとさせられる。

「できるものならコルネリアさまをこそしかるべき地位にお迎えし、お支えいただけたらわたしとしても心強いのだが」

一度アレクシアからも打診したのだが、丁重に辞退されてしまったのだ。

「姫さまのお心遣いには、母もいたく感激しておりました。陰ながらあらゆる尽力を惜しまない所存であるとも。ただ一族がこれ以上の厚遇を受ければ、なにかと風当たりも強くなりましょうし、なにより姫さまの御為（おんため）にもならないだろうと」

それはつまりガイウスが臣の身分を超え、アレクシアと恋仲であることがもはや決定的であるとみなされる状況を意味する。

実際のところコルネリアは、息子と女王がひそかに想いあっている事実について、どう考えているのだろう。手放しで歓迎できる状況でないことはたしかだ。

アレクシアはたまらず目を伏せた。

「そうだな。すまない」

「姫さまが詫びることなど」

「だが今日もおまえには、居心地の悪いふるまいを強いている」

「それがお嫌なのですか？」

「嫌に決まっている」

「そうですか」

ガイウスは穏やかにつぶやいた。

その声があまりに凪いでいて、あたかも諦念のように響いて、アレクシアはぞっとする心地で目をあげた。

「違う！」

とっさに身を乗りだし、すがるように訴える。

「こんなことはもう終わりにしたいとか、そういう意味ではない」

「姫さま」

「まるで違うんだ」

渾身（こんしん）の否定をぶつけたとたん、足許がぐらりとかしぎ、つんのめったところをガイウスの腕に支えられる。

「どうかおちついて。タニアたちがこちらをうかがっています」

そう耳打ちされ、アレクシアははっとして身を離した。

「ガイウス……」

「わかっております。そのお気持ちだけで、いまのわたしには充分です」

アレクシアの瞳をのぞきこむように、ガイウスは語りかけた。

「姫さまはつまらぬことに心煩わせず、どうぞご自分のなさりたいようになさってください。それこそがわたしの望むところなのですから」

「そうなのか？」

「信じられませんか？」

「だって……そんなのはおまえらしくない」

とっさには言葉にできない胸の裡をもてあまし、アレクシアはまるで拗ねた幼子のように、もどかしさをガイウスにぶつける。

ガイウスもそれを敏感に察したのか、

「わたしが殊勝なのが嘘くさいと？」

からかうように片眉をあげた。

「……そうだ」

「たしかに本日の務めを終えたあかつきには、忍耐の褒美を存分にいただきたいところですが」

楽しげな望みに艶めいた含みを嗅ぎとり、アレクシアはどきりとする。

「な、なにを考えている？」

「本当にここで申しあげてもよろしいのですか？　どうやら姫さまは、殊勝なわたしはお気に召さないようなので——」

「——だめ！　だめだからな！」

慌てふためくアレクシアをながめやり、ガイウスはからりと笑う。

見慣れたはずのその表情に、アレクシアはなぜか、胸のきしむような痛みをおぼえずにいられない。

むくれたふりをして対岸に目をやれば、ひしめく木造家屋の群れに、白壁の円形劇場がそびえていた。

茅葺（かやぶ）きの屋根には、興行を伝える三角旗が、誇らしげにひるがえっている。

アレクシアはつかのまの憂いを、女王のほほえみに封じこめた。

芝居はまだ始まったばかり——一幕で躓いてはいられないのだ。

一行は三階の桟敷席に身をおちつけた。

アレクシアとヴァシリスが隣席につき、それぞれのうしろにタニアとガイウスが控えているという並びだ。さすがにここでは、女王みずからヴァシリスの相手をしないわけにはいかない。

開演の迫った客席は、すでにほとんどが埋まっている。ほんの一時期とはいえ、ともに舞台を創りあげた《アリンガム伯一座》がいまも変わらず盛況のようで、アレクシアとしても嬉しくなる。

お忍びの行き先のひとつとして、ヴァシリスが流行りの芝居を望んだとき、迷いながらも《天空座》に案内しようと決めたのは、やはり彼らの舞台にいま一度ふれられるという期待に抗えなかったからだ。

用心のために舞台からはやや遠い席を選んだが、役者の声が聴こえにくいほどではないはずだ。もてなしの義務を超えて、アレクシアの気分もおのずと弾んでくる。

「本日の演目はどういったものなのでしょう?」

ヴァシリスに問われ、アレクシアは待ってましたとばかりに解説した。

「昨年の御前公演で好評を博した『王女アデライザ』です。ガーランドでは古くから親しまれてきた題材ですが、斬新な演出で市井でも人気を呼んでいるそうで」

「アデライザ姫というと……」

「三百年ほどまえの実在の王女ですが、お国では馴染みのない名でありましょう」

父王と兄王子を弑(しい)され、辺境の小夜啼城に幽閉されたあげくに壮絶な死を遂げたとされるアデライザの境遇を、アレクシアはかいつまんで語る。

「追い落とされた王女の悲恋ですか。それはますます楽しみですね」

「あいにくと全幕をご覧いただくわけにはまいりませんが」

「それはもとより承知しております。まずは雰囲気だけでも堪能できれば」

ヴァシリスはにこやかに応じる。

そこにタニアが声をかけ、

「さあ。おふたりともこちらをどうぞ」

売り子に求めた甘葡萄酒の器を、それぞれにさしだした。とろりとした濃紫の酒から、甘い肉桂(シナモン)の香りがたちのぼっている。

「これはありがたい。もはや冬の芝居小屋の風物詩ですね」

「ラングランドでも演劇は盛んなようですね」

器で暖を取りながら、アレクシアは水を向ける。

「ええ。近年の王都では《国王一座》と《海軍卿一座》が人気を争っています。どちらかといえば正統派の《国王一座》に対し、大胆な演出を売りに支持を集めているのが《海軍卿一座》というところでしょうか。現状で勢いがあるのはおそらく《海軍卿一座》のほうでしょうね。昨年には趣向を凝らした円形劇場を建設し、上流の贔屓筋も増えているそうですから」

そのあたりについては、ディアナたちからの報せですでにつかんでいた。

しかしアレクシアは、いかにも初耳であるかのように相槌（あいづち）を打つ。

「後援者の権勢も、流行にいくらか影響を与えているのでしょうか」

遠慮がちにたずねると、ヴァシリスは片頬に苦い笑みを浮かべた。

「それは痛い問いかけですね」

「不躾なことを……」

「かまいません。あなたには誠実にお伝えする義務がありますから。ですが――」

ヴァシリスはちらと舞台に目をやり、

「じきに芝居も始まります。ラングランド宮廷の密かごとについては、のちほど告白することにいたしましょう」

「聖アルスヴァエル大聖堂にて？」

芝居を楽しんだあとは、ヴァシリスの希望を汲み、アレクシアが戴冠式をあげた聖堂に案内する予定だ。

「ええ。さすがのわたしも、神の庭で大嘘を吐くのは気がひけますからね」

いたずらめかしたささやきに誘われて、アレクシアもかすかに笑う。

しかしそれは同時に、こちらにも本音をさらけだしての語りあいを求めているようでもある。

アレクシアはにわかに緊張をおぼえながら、舞台に視線を移す。

そこに颯爽とあらわれた口上役は、座長のデュハーストだ。威厳と愛嬌を兼ねそなえた美声が、客席のざわつきを鎮めてゆく。

「これよりご覧にいれますは、邪悪な陰謀と真実の愛の物語。歴史に名高き人々を、生けるがごときにおぼしめし、いつの世も変わらぬ権力の儚さと、叶わぬ恋の苦しみに、憐みを知る皆々さまはどうかお泣きください、存分に。その熱い涙こそ、破れた夢の供養となりましょう——」

権力の儚さと、叶わぬ恋の苦しみ。

稽古で幾度も耳にしていたはずのその台詞に、アレクシアはあらためて不吉な楔を打ちこまれた心地になる。

疼く毒をやりすごしながら、アレクシアは頭巾越しにガイウスの視線を感じる。

ほどなくアデライザ役のリタが舞台に躍りでて、客席が一気に沸いた。

それでも無言のまなざしの余韻は、遅れてきた船酔いのように、アレクシアの心にさざなみを刻んで治まることがなかった。


二幕を観終えたところで、一行は名残り惜しくも《天空座》をあとにした。

ふたたび河を越え、北岸に待たせていた馬車で大聖堂をめざしながら、

「よろしければ北の裏門からご案内したいのですが」

アレクシアがきりだすと、ヴァシリスは快く同意した。

「もちろんかまいませんよ」

まさしくアデライザ王女の時代に建てられた大聖堂は、広い敷地に芝生が広がり、市民が憩うこともできる。そのため沿道には露店や呼び売り商人の姿も多く、近づくにつれてにぎやかさが増してきた。

しかし裏手にまわると、こちらは日陰で寒さがこたえるためか、閑散としている。それでもアレクシアには、あえてこちらに向かいたい理由があった。

そろって馬車を降り、裏門を抜けると、ヴァシリスが人溜まりに目をとめた。

付属施設の出入口のひとつに、貧しい身なりの人々が列を成し、パンや温かいスープの施しを受けているのだ。

「このような大聖堂でも慈善に熱心とは、めずらしいものですね」

意外そうなヴァシリスに、ガイウスがさりげなく説明する。

「女王陛下のお声がけあってのことなのです」

即位してまもなく、アレクシアは王都の主だった教会をめぐり、教区の境にとらわれない貧民の救済を呼びかけた。女王が掲げる慈悲と寛容の精神で、求める者には分け隔てなく手をさしのべることで、とにもかくにもその日暮らしの民の命を支えることが肝心だと訴えたのだ。

女王がみずからたずねた教会では、賛同する信者からの喜捨がめざましく増えたという効果もあり、いまのところアレクシアの目算はうまく働いているようだ。

この大聖堂での施しについても、虚偽の報告ではなかったようで、アレクシアはほっとする。

「まさにあなたの存在そのものがもたらした救済ですね」

ヴァシリスは手放しで称賛するが、アレクシアは首を横にふった。

「おそらく長くは続きません。いまはわたしの意向に従うほうが、なにかと利益になると考えてのことでしょうから。それに――」

かたわらを駆け去る少年を、アレクシアは目で追った。七歳ほどの裸足(はだし)の少年は、渡されたパンを食べずに、ぼろぼろの袖に隠すようにだきかかえていた。

「あの子があのパンでお腹を満たすことはないかもしれません」

「どういうことです?」

「家族に与えるか、あるいは貧民窟で親方の庇護を受けているなら、取りあげられてからわずかなおこぼれに預かるだけになるはずです」

「ああ……なるほど」

「そうした状況そのものから抜けだすための仕組みがなければ」

「仕組みですか」

「たとえば仮宿でありながら、職の斡旋もする施設のような」

ヴァシリスは興味を惹かれたように、しばし考えをめぐらせた。

「つまり雨露をしのげる寝床を提供しながら、食い扶持をまかなうほどの労働で、一時的な暮らしをたててもらうというような試みですか?」

「はい。まだ構想ともいえない案にすぎませんが」

にもかかわらず、こちらの狙いを即座に理解してくれたことが、アレクシアには嬉しい手応えだった。

「ラングランドではすでにそのような政策が?」

「いいえ。ですがその試みは、ラングランドでこそ検討されるべきかもしれません。あちらの冬では、貧しき者の凍え死にが絶えませんから」

「痛ましいことですね……」

しかし隣国の無策を責める資格もなく、アレクシアはおのれの無力をかみしめる。

「それにしてもあなたはまだお若いのに、民の暮らしにまで細やかなお目配りをなさっているとは驚きました」

「偶然ながら、実情にふれる機会がありましたものですから」

そうでなければいまの自分はなかったはずだ。ディアナとの出会いをはじめ、市井でのすべての経験が、君主としてのアレクシアにも影響を与えている。それこそがアレクシアの誇りであり、担った責任でもある。

ガイウスにうながされ、一行はあらためて白亜の大聖堂に足を向けた。

堂々たる円柱に支えられた側廊から、信徒席の並ぶ身廊に踏みこむと、そこは戴冠式の人いきれが夢のような静謐(せいひつ)さに満ちていた。

ちらほらと席を埋める人影は、みな神との静かな対話を望んでいるようで、怪しい動きをする者はうかがえない。

それを入念に確認したガイウスが、目線でこちらに知らせる。

アレクシアはうなずきかえし、祭壇をほぼ正面に臨む信徒席に、ヴァシリスと並んで腰かけた。

ヴァシリスはおもむろに両手を組みあわせ、頭を垂れた。

祈りを捧げているのか、それともこれから話すべきことを考えているのか。

を見守っている。

タニアは信徒席の隅で、ガイウスはいつでもかけつけられる態勢で、王族同士の語らい
アレクシアもまた、息をひそめるように、そのときを待った。

やがてヴァシリスが、凪いだまなざしをあげる。

「わたしの容姿は母譲りなのです」

「……え？」

「紫苑の瞳も、この顔だちも」

予想外のきりだしに、アレクシアはとまどう。

それを察したように、ヴァシリスはかすかに笑んだ。

「つまり父は疑っているのですよ。わたしが不義の子ではないかと」

「――」

アレクシアはたちまち凍りついた。とっさにおのれの手首を握りしめて、激しい狼狽を
封じこめようとする。

「まさかそんな……それだけのことで？」

「父なりには、それらしい根拠に基づいていないでもないのです。――が、おそらくは父
の妄想でしょう」

「それは、もちろん」

「なにしろ不貞の疑いをかけられた母は、みずから命を絶つことで潔白を証明したのですから」

アレクシアは息を呑み、こわばるくちびるをなんとか動かした。

「たしか先の王妃殿下は、十五年ほどまえに病で亡くなられたものと……」

「それが公式な発表で、真相はラングランド宮廷でもごく一部の者しか知りません。自国の王妃が自害したなど、外聞が悪すぎますからね」

「あなたはそれを……」

不穏な予感に、アレクシアはおののいた。

ヴァシリスは片頰に苦い笑みをよぎらせる。

「幸か不幸か、居あわせてしまいまして。おかげで母の様子から、無実であるとの確信を得ることはできましたが」

ついにこらえきれず、アレクシアは口許に手をあてた。

そんな彼女をいたわるように、ヴァシリスはささやく。

「さぞご不快でしょう。あなたのようなかたに打ち明けるべきことではないと、ためらいもしたのですが……」

アレクシアは幾度も首を横にふり、

「ですが当時の殿下は、すでに十を超えていらしたはずですから」

なぜその時期になって、不貞の疑いが首をもたげたのか、違和感をおぼえる。

するとヴァシリスは、おもいがけないことを告げた。

「捏造した疑惑を、もっともらしく父の耳に吹きこんだ者がいたと――それこそがすでにエスタニアの策略であったと、わたしは読んでいます」

「エスタニアの？」

アレクシアははっとする。

「たしか先の王妃殿下が亡くなられた翌年に、陛下はエスタニア王女を王妃に迎えられたのでしたね」

それが現在のクロティルド妃で、第二王子エドウィンの生母でもある。

ヴァシリスはうなずき、淡々と説明した。

「ラングランドを取りこむための、先をみすえた一手でしょう。母の自死を境に父は気力をなくし、エスタニアに打診されるままに婚姻を結びました。そしていまや義母の率いる第二王子派の言うなりです」

「弟君のご意向は？」

「あれはまだ幼いですが、長じても母親に逆らうつもりはないでしょう。黙っているだけで、王太子の座が転がりこんでくるかもしれないのですからね」

アレクシアは理解が追いつかずに当惑する。

「けれどいったいなにを根拠に？　あなたを追い落とすための理由は、もはやないはずではありませんか？」

「おかげでこのところは、なりふりかまわず暗殺に走っているようですね」

アレクシアはこくりと唾を呑みこむ。まさにその危機を、ディアナたちが救ってのけたばかりだ。

「しかしわたしがラングランドを離れているのを好機と、新たな策を打ちだしてくるかもしれません。たとえば民の心を味方につけるような」

「なにかお心当たりが？」

「ないでもありませんが」

その懸念については詳しく語らず、ヴァシリスは核心に踏みこむ。

「いずれにしろエドウィンが王に担ぎあげられれば、ラングランドはエスタニアの属国と化すでしょう」

「属国」

切迫した響きが、アレクシアの胸に波紋を広げる。

「ラングランドはひたすらエスタニアに利益をもたらす土地として扱われ、民の暮らしのための政策を打ちだすことなどできなくなります」

厳しい冬を乗り越えられずに、命を落とす者も増えるかもしれない。

たまらず目を伏せたアレクシアを、ヴァシリスがうかがう。

「ローレンシア王太子との婚姻に、あなたが乗り気になれないご様子なのも、それを危惧なさっているからではありませんか？」

「わたしは……」

アレクシアが即答をためらうと、

「そもそもあのかたについては、人品においても好ましからぬものを感じますが……同じ求婚者であるわたしの見解に、説得力はありませんね」

ヴァシリスはおどけたように肩をすくめた。

しかしふと真摯なまなざしをこちらに向け、

「ともあれわたしはお約束できます。もしも次期王としてのわたしの求婚に応じていただけるなら、ラングランドがガーランドを支配することだけは決してありえません。わたしの望みはあなたとわたしが、それぞれの国土をそれぞれの君主として治め続けることなのですから」

ついに本題にきりこんできた。

アレクシアは慎重に問いかえす。

「ではあえて婚姻を結ぶことの意味は？」

「共同統治者としての称号を、おたがいに授けることができます。もちろん形式ばかりのものですが、大陸の列強に対する牽制になるはずです」

「エスタニアもローレンシアも、迂闊には手をだせなくなると」

ヴァシリスは深くうなずいた。

「決して広くはないこのエイリン島において、我々が緊張を孕んだ対峙を続けている状況こそ、なにより不毛なことではありませんか？」

たしかに両国の対立が自明であるがゆえに、それぞれに列強が肩入れするという構図が生じているともいえる。

「では歴史的な和睦をめざしたいと？」

「めざすのはこの島を、ラングランドでもガーランドでもないひとつの国家として生まれ変わらせることです。列強と渡りあうには、その方法しかありません」

「生まれ変わらせる……」

アレクシアは呆然とつぶやいた。

とまどいを隠せないまま、おずおずとたずねる。

「けれどそれでは、民の反発が必至ではないでしょうか」

「ええ。ですからわたしも、いますぐに実現したいとは考えておりません。途が拓けるとしたら、それはわたしたちの子の世代になるでしょうね」

「……………」

アレクシアはどきりと身をこわばらせる。自分がヴァシリスと婚姻を結ぶということの意味が、にわかに生々しく迫ってきて、息がうまくできなくなる。

だがたしかにヴァシリスの描く未来は、アレクシアの心をとらえてもいた。

ガーランド女王とラングランド王の血を受け継いだ者が、エイリン島を統べるのであれば、君主としての正統性に不足はないだろう。

しかし——そこにガイウスの姿はない。

「申しわけない」

気遣わしげな声をかけられ、アレクシアは我にかえる。

「夢のような未来を語り、あなたを惑わせてしまいましたね。かくいうわたしは、おのれの地位を守るだけで汲々としている身だというのに、我ながらどうかしています」

「そんなことはありません」

アレクシアはなんとかふさわしい言葉を絞りだす。

「とても……心惹かれる未来であるように感じました」

「それはよかった。民草の幸せを第一にお考えになるあなたであれば、ご理解いただけるだろう確信があったのです」

待雪草がほころぶように、ヴァシリスは涼やかに微笑する。

そのとき天の高みから、骨をふるわせるような大鐘の音が降り注いできた。ちょうど隣の鐘楼で、時鐘を鳴らし始めたのだ。

アレクシアは救われた心地で、

「そろそろお送りしなくては」

「楽しいひとときでした」

「こちらこそ」

やや心残りな様子はありながらも、ヴァシリスはごねることなく腰をあげた。お忍びの真の目的は、おおむね果たせたということだろう。

語らいの終わりを察したガイウスたちが、すぐにこちらにやってくる。

ふたたびガイウスの導きで、先刻の出入口に向かおうとしていると、アレクシアの耳許でタニアが心配そうにささやきかけた。

「なにやら深刻なご様子でしたが」

「ん……有意義な話ができたよ」

「それならよろしいのですが」

アレクシアがどことなく心あらずなのを、タニアは気にかけているようだ。

お忍びはまだ終わっていない。ヴァシリスを公邸に送り届けるまでしっかりしなくてはと、アレクシアがおのれを叱咤(しった)したときだった。

大樹のごとき円柱の裏から、蝙蝠(こうもり)のような人影が飛びだしてくるやいなや、力任せに腕をつかまれてふりむかされた。

タニアの悲鳴を遠くとらえながら、アレクシアは目をみはる。

「そなたは」

「ずいぶん捜したぜ——ディアナ」

忘れようもない。二十歳ほどのその赤毛の青年は、掏摸(すり)の天才で《六本指のダネル》とも呼ばれるディアナの昔なじみだ。

王都に身を潜めていたアレクシアを、成長したディアナと勘違いしたダネルは、古巣にアレクシアを連れこみ、娼館に売り飛ばそうとしたのである。

ダネルはにやりと笑う。

「まさかとは思ったが、苦労して尾行(つけ)てきた甲斐があったな」

ではリール河の桟橋で感じたあの視線は、ダネルのものだったのか。

「貴様！　いますぐにそのおかたから手を放せ」

鋭い声を放ったガイウスは、すでに腰の剣を抜いている。

ダネルはアレクシアの身を反転させると、すばやく楯にした。ひきしまった片腕が首に巻きつけられ、アレクシアは息苦しさに顔をしかめる。

「そのおかたか。いまじゃあ、ずいぶん立派なご身分みたいだな」

ダネルは愉快そうにせせら笑うと、ひるむことなくガイウスに向かいあった。

「悪いがこいつはおれの家族も同然でね。おれの許しもなしに、勝手に連れまわされたら困るんだよ」

おそらくはディアナの過去をほのめかすことで、主導権を握ろうとしたのだろう。

しかしそれはガイウスの怒りを、たちどころに燃えあがらせただけだった。

「貴様か。その穢らわしい手で姫さまをかどわかしたのは」

「え？」

意外な反応に、ダネルがわずかにひるむ。そのときにはすでに、床を蹴ったガイウスがダネルの片腕を斬りあげていた。

「――っ！」

激痛に悶えるダネルから逃れたアレクシアを、かけつけたタニアがだきとめる。

「お怪我は」

「平気だ」

ダネルは顔をゆがめて舌打ちする。

「よくも、よくもおれの腕を……」

「腕だけで済むと思うか」

忌々しげなダネルに、ガイウスが氷のごとき声音で告げる。

たちまち腰を抜かしたダネルが、血痕の散る床にへたりこんだ。

剣を持ちあげたガイウスの背に向かって、アレクシアはとっさに叫ぶ。

「ガイウス。だめだ。殺すな！」

「しかしこの者は――」

「わたしの聖堂を穢す気か」

夢中で続けると、ガイウスは腕の動きをとめた。

葛藤を捻じ伏せるように剣をおろし、

「去れ。次はかならず斬り捨てる」

脅しではないくちぶりに、ダネルは這うようにあとずさる。

そして腕を押さえたまま、残る力をかき集めるように逃げ去っていった。

その姿が消え、ようやく息をついたアレクシアの耳に、一部始終を見届けたヴァシリスのかすかなつぶやきが届いた。

「………ディアナ？」

第4章

1

夜会に向かうアレクシアを、無数の視線がみつめている。

長い廻廊に飾られた、歴代のガーランド君主の肖像画だ。

普段は居心地の悪さにうつむきがちのアレクシアだが、今宵は肖像画をながめるひとりの男にいそいそと声をかけた。

「お気に召した画がおありですか？　あなたにはいずれも退屈でしょうか？」

「これはこれは麗しきアレクシア女王陛下」

ふりむいたカルヴィーノ師は、陽気に声を弾ませた。大胆な襟飾りの外衣を着こなした姿は、あいかわらず芸術の僕らしい洒落たたたずまいである。

「これらが宮廷画家の不幸は、陛下ほどに画家の眼を魅了する君主にお仕えできなかったことのようですね」

「それはいささかきわどいご発言ではありませんか？」

「あっ……いいえ、わたしはなにも、歴代のガーランド王のご容色が冴えないと申しあげているわけでは」

「冗談です」

アレクシアはくすくすと笑う。こんなくだけた会話ができるのも、相手が王女時代から交流のあるカルヴィーノ師だからこそだ。

カルヴィーノ師の祖国は、ローレンシアと国境を接するヴァザーリである。さまざまな芸術分野において優れた人材を輩出することで知られているが、長らく大国ローレンシアの脅威にさらされてきた。

そのためローレンシアとガーランドとの友好を望み、アレクシアの即位にも大いに貢献してくれたという経緯がある。しかもディアナがしばらく王女を演じていたことを承知しながら、協力を惜しまなかったという意味でも貴重な存在だ。

もちろんカルヴィーノ師が忠誠を誓うのは、祖国ヴァザーリである。だからこそアレクシアとしても、おたがいの益になるような関係を維持しておきたかった。

そのあたりはガイウスやタニアも心得ているため、気安いやりとりにも動じることなく控えてくれている。

「今宵お呼びだてしたのは、ガーランドの宮廷画家としてあらためてわたしからの注文をお受けいただけるかどうか、うかがいたかったためです」

これまでのカルヴィーノ師の雇い主は、あくまで先王エルドレッドだ。

代替わりをしてからも正式に宮廷画家として遇するには、アレクシアみずからが依頼をする必要がある。

するとカルヴィーノ師はかしこまり、いとも恭しく頭を垂れた。

「変わらぬご贔屓を賜り、まことに光栄の至りに存じます」

「では——」

「もちろん喜んでお仕えいたしましょう」

にこやかに告げられ、アレクシアも目許をほころばせた。

「こちらこそ光栄です。すでに他の宮廷からも多くのお誘いがかかっていると、風の噂に聞いておりましたから」

「それもガーランドの宮廷画家という威光があればこそです」

「そうであれば、わたしとしても嬉しいのですが」

アレクシアはほほえみかえし、廊の先にカルヴィーノ師をうながした。なにかと気疲れしがちな夜会も、彼をつかまえておけば楽しくすごせそうだ。

「してご要望はいかなるものでしょう？」

「それがそもそもあなたでなければ、描ききれないであろう肖像なのです」

「ほう？」

才能あふれる芸術家は、いたく好奇心を刺激された様子だ。

少々のためらいを押しのけて、アレクシアは伝えた。

「亡き弟の似姿を、画布に甦らせてはいただけませんか？」

「……エリアス殿下をですか？」

「はい。私室に飾り、あの子を身近に感じられるようにしたいのです」

カルヴィーノ師はとまどいを隠せずに黙りこむ。

アレクシアは急いで続けた。

「もしも非常識にお感じでしたら、依頼を撤回いたします。決してあなたを侮辱しようというつもりはないのです」

「侮辱などとんでもない。いささか驚かされただけですよ。しかしたしかに難しいご注文ではありますね」

「お気が進まなければ……」

カルヴィーノ師は首を横にふり、

「それどころかむしろ腕が鳴るというものです。謹んでお受けいたしましょう」

「本当によろしいのですか？」

無理強いをしてまで、描いてもらいたいものではない。本音をうかがおうとすると、彼はどこか懐かしげな微笑を浮かべた。

「陛下はご記憶ではありませんか？　かつてエリアス殿下は望んでおいででした。立派にご成長あそばされたお姿を、一年ごとにわたしの肖像画に留め、ローレンシアに嫁がれた姉君にお贈りしたいと」

「あ……」

たちまち胸にこみあげてくるものを感じ、アレクシアは目を伏せた。

「そうでしたね」

「あのご提案が宙に浮いてしまいましたので、天においでの殿下から催促をされたということにいたしましょう」

アレクシアはカルヴィーノ師の心遣いに感謝した。

「もしもエリアスが夢枕に立ちましたら、ぜひお知らせください」

「……かしこまりました」

ぎこちなく頰をひきつらせる画家は、意外に怪談が苦手なのかもしれない。

アレクシアはほほえましさに口許をゆるめながら、

「すでに制作に励んでおいでの画もありましょうから、そのかたわらに取りかかっていただければ」

「かなりお待たせしてしまうことになるやもしれませんが」

「かまいません。できあがりを待つ楽しみもありますし、それまではあなたをガーランド宮廷におひきとめすることもできますから」

「それはわたしとしても望むところです」

「本国のご意向ですか?」

アレクシアはさりげなく問う。祖国ヴァザーリの生き残りをかけて、カルヴィーノ師は外交官さながらに、異国の情勢に目を光らせるよう求められてもいるのだ。

社交術にも長けた多才な画家は、降参の苦笑を洩らした。

「ガーランドでしっかり名を売るようにと、激励を送られております」

つまり宮廷はもちろんのこと、さまざまな有力者を相手に人脈を築きあげ、情報分析に努めよということだ。もちろん画家としての実力が、存分に認められていればこその期待であろう。

「首尾は上々ですか?」

「ありがたいことに」

しかしカルヴィーノ師は、ほがらかな口調にわずかな硬さをにじませた。

「じつはつい先日も、とある集いにて異国の王族からお声がけをいただく機会に恵まれまして」

「どなたでしょうか」

「北はラングランドのヴァシリス王太子殿下です」

アレクシアはおもわず肩をこわばらせる。

「……殿下はなにか仰せでしたか？」

「まずはわたしの仕事ぶりを称賛され、それから興味深いご質問をなさいました」

ついに足をとめたアレクシアに、カルヴィーノ師もまた向きなおる。

「いったいどのような？」

「血の繋がりのない者たちの相貌が、あたかも鏡に映したかのごとく似かようことはありえるものだろうかと」

アレクシアは息をとめた。

なかば覚悟はしていたが、やはりヴァシリスに疑われている。

お忍びのさなかにダレルが狼藉（ろうぜき）を働いた一幕については、ならず者が早とちりをしたのだろうという説明で、なんとか切り抜けることができた。

かつての情婦が、貴族の愛人に成りあがったとでも思いこみ、嫌がらせに走ったというわけだ。

実際そうとでも考えなければ理解できない状況だったたし、ヴァシリスも自分がお忍びをせがんだがために、大切なアレクシアの身を危険にさらしてしまったと、くりかえし詫びていた。

しかしそれから宮廷で顔をあわせるたびに、無言でなにかをさぐるようなヴァシリスのまなざしを感じずにいられなかったのだ。

アレクシアはかすれる声でたずねる。

「それであなたは？」

「神の御業は計り知れませんから、そのようなこともありえるだろうと。あるいは何世代もさかのぼった遠い血の繋がりが、いかなる組みあわせによってか、似た骨格を形成することもあるようだと、解剖学の見地からお伝えいたしました」

アレクシアは詰めていた息を吐きだした。

「……感謝いたします」

「わたしはただ私見を述べたまでですよ」

なんのことかわからないように、カルヴィーノ師は片眉をあげてみせる。

アレクシアもひそやかな笑みをかえし、ふたたび歩きだした。

廻廊の先からは、典雅なリュートの楽の音と、夜会のにぎわいが流れてくる。

おそらくヴァシリスもしばらくは、面と向かってディアナの正体についてたずねてくることはないだろう。しかしガーランド女王に、どうやら隠しておきたい秘密があることを知った以上は、むしろその切り札をいつ使うのが得策か、見極めるつもりでいるのかもしれない。

カルヴィーノ師が身を曲げてささやく。

「先ほどどちらと顔をだしてまいりましたが、今宵はヴァシリス殿下に加え、レアンドロス殿下も参内しておいでででした」

「そのようですね。夜の嵐を呼ぶことにならなければよいのですが」

「北の吹雪(ふぶき)に、南の熱波ですか」

「どちらも退くおつもりはないようですから」

「まともに衝突をしたら、ヴァザーリにも余波が及びかねませんね」

カルヴィーノ師としては、ローレンシアがガーランドを呑みこみ、より勢力を増すことこそもっとも避けたい未来だろう。

「嵐を避けるために、お力添えをいただけますか?」

「もちろんですとも。こんなときこそ、筆一本で国境を飛び越える宮廷画家が役にたつのですから」

「頼もしいことです」

アレクシアは深呼吸をひとつして、大広間のにぎわいに踏みこんだ。

さざめく人々の群れがふりむき、たちどころに頭を垂れて、潮がひくように玉座までの道が生まれる。

無数の蠟燭の光が降り注ぐその道を、アレクシアは優雅な裾さばきで歩んだ。裳裾には大粒の真珠がちりばめられ、目を伏せた貴人たちの足許に、まろやかなきらめきを投げかけてゆく。

「お集まりの皆々さま、今宵はようこそガーランド宮廷においでくださいました。どうかそのようにかしこまらず、実りあるひとときをおすごしいただきますように」

アレクシアが涼やかな微笑をふりまくと、頰を上気させた老若男女が、我先に声をかけてきた。

「女王陛下」

「ご機嫌うるわしゅう」

「今宵はまた一段とお美しく」

そのほとんどが国内の高位貴族で、かねてから面識のある者もおり、アレクシアとしてはまだ接しやすい相手だ。

領地や一族について、それぞれの近況を気にかけていることが伝わるよう、短い言葉をかわしながら、さりげなく視線を流してふたりの姿をさがす。

黒髪のレアンドロスはすぐにみつかった。

家臣らを取り巻きに、母国語でなにか笑いあっている。そこに杯(さかずき)を手にしたアシュレイが加わり、にこやかに相手をしていた。

アレクシアの従兄（いとこ）にして秘書官でもあるアシュレイは、女王の代理として相手に敬意を表すのに、まさしく打ってつけの人材なのだ。

おまけに物腰やわらかな貴公子なので、女王の真意をしつこくさぐろうとしたり、取り次ぎを求めたりする者が群がり、あるいは有望な結婚相手として熱いまなざしを浴びたりと、なかなか気苦労が絶えないようだ。

それでも率先して、女王の防波堤の役割を務めてくれているのがわかり、アレクシアとしてはありがたいかぎりである。

ひとまずローレンシア陣営はアシュレイに任せておくとして、残るひとりはどこにいるだろうか。

視線をさまよわせるアレクシアに、ガイウスがさりげなく耳打ちした。

「ヴァシリス殿下ならあちらに」

ガイウスの目線を追うと、たしかに奥の窓際には、白銀の髪もまばゆいヴァシリスの姿があった。こちらに背を向けた壮年貴族と、談笑に花を咲かせている様子だ。

「お相手は誰だろう」

「あれは……アリンガム伯のようですね」

「では芝居の話題で盛りあがっておいでかな」

「かもしれません」

先日のお忍びで楽しんだのは、まさに《アリンガム伯一座》の興行だ。どちらから声をかけたにしろ、あの芝居にふれないことはないだろう。

アレクシアは心を決め、そちらに足を向けた。いくら気が進まなくとも、ヴァシリスには礼儀として挨拶をしないわけにはいかない。ならばアリンガム伯もまじえ、たわいない雑談に興じるほうが気が楽だ。

さやかな衣擦れに、いち早く気がついたのはヴァシリスだった。

「あたかもラングランドの民が待ち焦がれる恵風のごときお越しですね」

紫苑の双眸を、内心のうかがえない笑みに染め、ほがらかに語ってみせる。

「先日のお忍びでご紹介いただいた一座について、いままさにうかがっていたところなのですよ。こちらの御仁は——」

「もちろん存じております。しばらくですね、アリンガム伯」

アレクシアが向きなおると、アリンガム伯は感激もあらわに胸に手をあてた。

「お忍びで我が一座においでいただいたとは、まことにありがたき幸せでございます」

「昨秋の御前公演が、とても印象に残っておりましたものですから」

「しかしあらかじめお知らせをいただけますれば、もっとも上等な桟敷席を空けてお迎えいたしましたのに」

「ありがたい心遣いですが、それでは一観客として舞台の興奮を分かちあうことが難しくなりましょうから」

「さすがは民に寄り添われることを、なによりの信条とされる女王陛下。そのお心意気に感服するばかりでございます」

大仰に褒めたたえられて、アレクシアは苦笑する。

誰にも見向きもされなかった王女時代をかえりみれば、いささか鼻白む気分もないではないが、嫌味ではないだけよしとしよう。

ヴァシリスがにこやかに語る。

「じつは後日あらためて《天空座》に出向きまして、終幕まで『王女アデライザ』を堪能させていただいたのです」

これにはアレクシアも驚かされた。先日は芝居のなかばで退席せざるをえなかったことを名残り惜しがっていたが、決してお愛想ではなかったらしい。

「お楽しみいただけましたか？」

「ええ。目を惹く大胆な演出も、それに頼りきらない役者の演技力も素晴らしかったものですから、今宵はぜひそれをアリンガム伯にもお伝えしたくて」

アリンガム伯も嬉しそうに声を弾ませる。

「目の肥えた王太子殿下にそのような評価をいただけたこと、一座の者たちも大いに喜ぶことでしょう」

座長のデュハーストやリタたちの、生き生きとした姿を思い浮かべながら、アレクシアはたずねた。

「当面は『王女アデライザ』の興行を続けるおつもりですか？」

「はい。おかげさまをもちまして、御前公演でのご好評をいただいたこともあり、いまだ人気は衰えておりませんもので。しかしそろそろ次回作の準備にもかかりたいと、一座の者たちと相談を始めているところであります」

「それは気になりますね」

「題材だけでも知りたいものですが」

ヴァシリスにまで期待のまなざしを向けられたアリンガム伯は、いくらかためらいがちに伝えた。

「じつは一座の者たちは、こたびの王位継承をめぐる逆転劇をぜひ取りあげたいと、意欲を燃やしておりまして」

「わたしが王位につくまでの紆余曲折を、戯曲に仕立てるのですか？」

「しかし同様の趣旨の芝居が、このところ巷で人気を博しておりますれば、大胆に切り口を変えて独自色を打ちだすなどの工夫が必要になるでしょう。そこが挑戦しがいのあるところでもあるのですが」

アレクシアはわずかに目をみはった。

港町ラグレスでは、いち早くそうした舞台が好演されていたという。いずれ王都も続くものと予想はしていたが、すでに人気を呼んでいるとは知らなかった。

「もちろん《アリンガム伯一座》としては、陛下のご意向に副うよう心がける所存であります」

「デュハースト氏の良識は、わたしも疑っておりませんので」

とはいえアリンガム伯の配慮は、たしかに無視できないものである。

あまり検閲のような真似はしたくないが、たかが芝居と侮るわけにもいかない。

するとヴァシリスがいかにも心惹かれた様子で、

「しかしランドール市民の支持を集めている舞台とあらば、一度は観ておきたいものですね。失礼ですがどちらでの興行か、お教えいただけますか？」

そうせがむと、アリンガム伯はにわかにくちごもった。商売敵の紹介は気が乗らないのだろうか。しかしそんな弱腰は伯らしくない気もする。

「おそれながら、あえてご覧いただくほどではないかと」

遠慮がちに口を挟んだのは、控えていたガイウスだった。

まさかガイウスがそのような助言をしてくるとは。

アレクシアは驚きもあらわに訊きかえす。

「ではおまえはもう観たのか？」

ガイウスはどこか気まずげに首を横にふる。

「噂で耳にしたかぎりですが、どうやらいまひとつの出来らしく」

「役者の技量に難があるのか?」

「というよりも脚色が……」

アレクシアは眉をひそめる。女王の王位継承に批判的な芝居なのだろうか。しかしそれならば、把握した時点で報告をあげるべきではないか。いずれにしろここでは追及しないほうがよさそうである。

「そういうことであれば《アリンガム伯一座》の新作にご期待いただいたほうが、ご満足いただけそうですね」

アレクシアは苦笑いで流そうとしたが、すかさずヴァシリスが身を乗りだした。

「わたしとしては、むしろその脚色というのが気になりますね。察するに、芝居を華やかに彩る恋模様のことなのではありませんか?」

「え?」

「たとえばあなたと、そちらの凜々しい近衛隊長殿が、恋仲であるというような」

不意をつかれ、アレクシアはたまらず息を吞む。

ガイウスは恐縮したように目を伏せた。

「いかにも安易な発想にすぎません」

「的を射ているわけではないと?」

「畏れ多いことです」

「ではこのわたしにも、女王陛下の御心を射とめる望みはあるのかな?」

ヴァシリスが楽しげに声を弾ませる。

ガイウスは頬をこわばらせながらも、

「……それは陛下のご存意しだいでありますれば」

「まさに忠誠の騎士にはふさわしい、清々しい科白だな」

邪気のなさそうなヴァシリスの感嘆に、含みはあるのかないのか。

いたたまれなさに耐えきれず、アレクシアが割りこもうとしたときである。

「ずいぶんと話が弾んでおいでのようだ」

横あいからさした影が、不穏なやりとりを悠然とさえぎった。

ローレンシア王太子レアンドロスである。

「わたしも加えてはいただけませんか?」

「——ええ。もちろんです」

アレクシアはわずかに身を退き、堂々たる体軀の王太子を輪にうながした。

そのうしろには、アシュレイがすまなそうに控えている。彼なりにひきとめようとしたが、うまくいかなかったということらしい。

「していかなる語らいに興じておられたのです？」

さすがの威圧感に、アリンガム伯もおのずとかしこまる。

「おそれながらわたくしめが後援しております芝居の一座について、近況をお知らせしていたところでございます」

対するヴァシリスは、はにかむように打ち明けた。

「じつはお忍びで、女王陛下にお連れいただきまして」

「ほう……それはお羨ましいことだ」

そのつぶやきに剣呑さを嗅ぎとり、アレクシアは身の裡が冷える心地になる。

過日のお忍びについては、数多いる求婚者たちに吹聴しないのが暗黙の了解だったはずなのに、ヴァシリスはつい口を滑らせたのか。それとも……。

しかしアレクシアがとっさの弁解をひねりだすまもなく、ヴァシリスはいともさわやかに続けた。

「不躾ながらわたしがご案内を乞うたのです。あいにくとこれまでガーランドに滞在する機会には恵まれませんでしたので、ぜひとも非公式なかたちで市井の活気にふれてみたいものだと」

「それで芝居見物に繰りだしたと」

「我がラングランドでも、演劇は身分を問わず愛されているものですから。ローレンシアではいかがです？」

「昨今はなかなか盛んなようだが、わたしとしては円形闘技場で騎馬闘牛を観戦するほうが、性にあっているな」

アレクシアはなんとか芝居から話題を逸らそうと、気安くもよそよそしい求婚者たちの会話に加わった。

「カナレス伯からうかがったことがあります。騎兵の教練や祝いごとの催しとして、貴族が主催することも多いものだとか」

「わたしたちの結婚の祝宴でも、お楽しみいただくつもりでしたよ。あなたに雄姿を披露するべく、鍛練に励んでいた者もおりましたのに」

「それは残念なことを……」

「わたしの妃としてローレンシアにおいでいただけるなら、すぐにもお目にかけましょうものを」

華々しい活躍の機会をなくした騎士をねぎらったつもりが、嫣然（えんぜん）と口説き文句をささやかれ、アレクシアはあいまいな微笑をかえすにとどめた。

そもそも槍（やり）や剣で牛が殺されるさまを刺激的な娯楽として扱うのは、あまりなじまない感覚だ。

レアンドロスはおもむろにガイウスを見遣った。

「貴殿は騎馬闘牛の経験は？」

「あいにくながらございません。騎士同士の馬上槍試合であれば、教練の一環でしばしば腕を磨きあいますが」

「そうか」

続いてヴァシリスに問う。

「貴殿はいかがか？」

「わたしも馬上槍試合であればそれなりに」

するとレアンドロスは黒い双眸に喜色を浮かべた。

「ならばぜひとも貴殿らに手あわせを願いたいものだ」

「それはありがたいお誘いですね。じつはわたしもどなたかと手応えのある打ちあいでもして、身体の鈍りを解消したいところでしたから」

「ではおたがい手心は加えないということで」

「あなたもそれをお望みでしたら」

ヴァシリスは臆することもなくうなずきかえし、

「ではいっそのこと勝ち残り式の競技会として、我こそはという者が名乗りをあげられるようにするのは？」

名案をひらめいたように提案する。

レアンドロスもすぐさま乗り気になり、

「それはいい。ぜひとも決勝戦にて相まみえたいものだ」

ふたりは不敵に視線をぶつけあう。

そこにガイウスが焦りもあらわに割りこんだ。

「お待ちを。いくら王太子殿下といえど、女王陛下のご意向をうかがうことなくそのような催しに興じるのは……」

「ではお許しをいただけますか？」

一同の視線を浴びて、アレクシアはうろたえる。

手加減なしの対戦など、もちろん認めることなどできない。そうでなくともアレクシアに求婚するふたりの王太子がじかに対決するだなんて、勝敗がどう決したとしても、宮廷に波紋を呼ばないはずがないではないか。

「おそれながら……王位継承者であらせられるおふたりの御身に、もしも傷をつけるようなことがあれば、お国のみなさまにとても顔向けができません。あらゆる危難を避けねばならないわたしの責任を、どうかご理解いただきたく……」

「つまり我々ごときの腕では、あなたの近衛隊長に手酷く打ち負かされるのが自明であるとお考えか？」

曲解のような不満をぶつけられ、アレクシアはますます狼狽する。

「とんでもない！　断じてそのような意味ではありません。ですがどれほど実力がおありであろうと、不慮の事故は生じるものですから」

「それしきのことは、武芸をたしなむ者であれば誰しも覚悟しておりますよ。いざというときは命がけで戦に臨むのですから」

「それはもちろんですが……」

くちごもるアレクシアに、ヴァシリスが真摯なまなざしを向ける。

「女王陛下のためでしたら、真剣勝負に命を賭けるのも惜しくはありません」

「その覚悟の強さこそ、まさしく求婚者に求められるものでは？」

挑むようにたたみかけられ、喉許に嫌な予感がせりあがる。

まさか勝者の栄誉を手にした者こそが、女王の伴侶にふさわしいと主張するつもりではあるまいか。

そんな危惧を見透かしたのか、レアンドロスは舌なめずりをする猫のように、ゆるりとほほえむ。

「ご案じ召されるな。我々はなにもその勝敗によって、あなたの思し召しを奪いあおうというわけではありません。ただ決勝戦を勝ち抜いたあかつきには、ささやかな褒美をいただければと」

「……褒美とは？」

「願わくは――あなたからの祝福のくちづけを」


もうとめられない。

まるで大時化に翻弄される艦のようだ。

アレクシアは絶望的な心地で私室にたどりついた。

「祝福のくちづけだと？　わたしが公にそのようなものを与えたら、ただの余興ではすまない。求婚に応じたとみなされても当然ではないか」

あれからレアンドロスは、手近な青年貴族に呼びかけた。

女王陛下に捧げる馬上槍試合は、さぞや見応えのある熱戦になるだろうと。

求婚者たちはいろめきたち、次々に参加を表明して、もはやアレクシアの許可など待つまでもなく槍をふりまわしかねない勢いだった。

その誰もが、相手を打ち負かせば女王の愛を勝ち取れるという熱に浮かされているかのようだ。

いまさら対戦を禁じたりしたら、なぜ求婚者の誠意をないがしろにするのかと、むしろ非難されかねない。

ともに退席してきたガイウスたちも、そろって深刻な面持ちだ。

　アシュレイが苦くつぶやく。

「すでにとめるのが難しいというなら、いかに穏便に催しをすませるかを考えるしかないだろうね」

「だがいったいどうすれば？」

　アレクシアは急くままに訴えずにいられない。

「なにがなんでも勝ちあがらんと、闘志を燃やす者が大勢いるかもしれないのに、波風をたてずに収められるはずがない」

「ひとつだけ方法がある」

「それは？」

　飛びつくように問いかえすと、アシュレイはつとガイウスに向きなおった。

「あなたが勝ち残り、アレクシアから褒美を授かることです」

「……わたしが？」

「女王の近衛隊長が、並み居る求婚者をことごとく実力で退けたとあらば、ガーランドにとってはむしろなによりの成果です。それだけの近衛隊を従えている女王の栄光を、広く知らしめることにもなりますから」

「つまり無様に負けることは、決して許されないというわけだな」

「自信のほどはいかがですか？」

「それは――」

口を開きかけたガイウスを、アレクシアはとっさに遮った。

「だめだ。そんな博打を認めるわけにはいかない」

「姫さま。たしかにあのおふたりはかなりの手練れのようですが、わたしには長年の愛馬もついております。かならずしも勝算が低いわけではありません」

「そういうことではない。はなから条件が違うんだ」

アレクシアはもどかしく反論した。

「両王太子はわたしの賓客だ。いかなる理由があろうと、ガーランドの者がその身に傷をつけることなどあってはならない。おまえはそれを念頭において戦わねばならないというのに」

「もちろん承知しております」

「だが相手は違う。実力が拮抗すればするほど、手加減などしようはずがないんだ。それこそレアンドロス殿下など、おまえを――」

くちごもったアレクシアに、ガイウスが続ける。

「殺すつもりでかかってくる。それもわかっております」

「わかっていない！」

平然とおぞましい予想をかえされて、アレクシアはたまらず声を荒らげた。

そんな従妹をなだめるように、アシュレイが呼びかける。

「アレクシア。きみの懸念はぼくらも理解している。けれどそれぞれに勝ち進んだふたりの王太子が、決勝で争いあうなどという事態は、絶対に避けなくてはならない。そのためにも誰かが迎え撃たなくては」

それがガイウスである必要はないという正論は、無駄な抵抗だ。

地位からしても、実力からしても、彼以上にふさわしい武人がいないだろうことは、誰よりアレクシアが知っているのだから。

「難しいかもしれないけれど、きみがきみの近衛隊長を信じて送りだすことこそが、なによりの力に――」

「信じる？」

あたりまえのはずの言葉が、ひどく耳にさわる。そして遅ればせながら、怒りを孕んだ焦燥の源に気がつき、アレクシアはまなざしを鋭くした。

「どう信じろと？　城下で流行り始めている芝居について、すでに知っていながらわたしには黙っていたというのに」

ガイウスがいたたまれないように目を伏せる。

「あえてお耳に入れるほどのことではないと」

「そう判断したのはぼくだよ」

すかさずアシュレイが擁護した。

「あくまで女王に好意的な脚色だから、目くじらをたてるように当局が動いては、むしろ逆効果になる。報告をあげるにも、しばらく様子をうかがうべきだと考えたんだ」

「わたしには、市井の動向をいち早く知る必要があるはずだ」

「移ろいやすい民の心で、きみを煩わせたくはなかったんだ」

「わたしがなにに心を煩わせようと、指図される謂れはない」

「指図なんてするつもりは」

「ならばなぜわたしを騙して操るような真似をする」

「そんなこと……」

「そうやってなにもかも隠して、なにもかも決めて、取りかえしのつかない結果をわたしに押しつけるのか」

「アレクシア。どうかおちついて」

「わたしは女王だ」

アレクシアは言い放った。

「わたしがガーランドの女王なのに！」

肩を上下させるアレクシアの息遣いだけが、痛々しく沈黙を埋めてゆく。

やがて抗議か弁解か、なにか口にしようとしたアシュレイを、ガイウスが無言のままに

制した。そしてアレクシアに向きなおり、

「心得違いをしておりました。どうかお許しを」

端然と頭を垂れるなり、背を向けて部屋を辞す。

わずかな逡巡をみせたアシュレイも、口を結んだまま目礼をして、あとに続いた。

残るタニアだけが、気遣わしげにアレクシアをうかがっている。

「わたし……」

アレクシアは呆然と声をふるわせた。

こわばる指先で額を押さえながら、

「わたしはあんな……あんなことを言いたいわけではなかったのに」

「きっとおふたりともおわかりですよ。痛いほどに」

それは誰が与えた、誰の痛みだろう。

骨のひしげるような後悔に、アレクシアは大声をあげて泣きだしたい気分だった。

「ディアナ。ちょっといいか？」
そう呼びかけられ、ディアナは掃き掃除の手をとめた。

ふりむけば座長のリンゼイが、舞台から手招きしている。そばには一座の主役級の役者たちも、何人か顔をそろえていた。

ディアナは箒を握りしめたまま、足早にかけつける。

「なにかご用ですか？」

「そうかまえなくていい」

ディアナの緊張を嗅ぎとったのか、リンゼイは苦笑しながらたずねた。

「おまえは台本を読むのに不自由はないんだったな」

「そのつもりです。よほど難しい古語なんかでなければ」

「だったら大丈夫だ。悪いがこいつを読みあげてみてくれないか」

ディアナは肩ほどの高さの舞台に箒をたてかけ、座長から紙束を受けとった。どうやら台詞のようだが、まだあちこちに推敲の跡がある。

「ひょっとして、例の新作の台本ですか？」

「ああ。ほんの試しだから、性格づけは適当でいい」

「わかりました」

訊きたいことはいろいろあったが、ひとまず台詞の流れを把握しようと努める。そしてほどなく気がついた。

「これって男役のような気がするんですけど」

「じつはそうなんだ。十代なかばの王子を想定しているんだが、うちの男優ではどうにもさまにならなそうでなくてな。かといって子役には荷が勝る。そこで中性的な役柄もこなせる女優にやらせたほうが、むしろしっくりくるんじゃないかという意見がでてね」

そういうことならすらりと手足が長く、おちついた声をしたディアナは、たしかに適任といえるだろう。ひそかに期待していた抜擢の機会は、どうやら意外なかたちで舞い降りてきたらしい。

ディアナは意気込んで伝えた。

「男役なら何度かやったことあります」

「そうか。ならその要領で頼む」

「はい」

ディアナは台本の断片を胸の高さにあげ、息を吸いこんだ。

「——敬愛なる母上。輝かしきラングランドの王妃として崇められる母上が、おぞましき不義の疑いをかけられていながら、なぜ異邦の囚われ人さながらに口を閉ざしておいでなのか。かつて幼いわたしに夜毎お伽噺を語られた、吟遊詩人も恥じらうあのなめらかな舌は何処へ消えてしまわれたのですか」

そこでト書きに従い、腰の短剣を抜き払う。

「もはや汚名を雪ぐすべをお持ちにならぬのであらば、燃えさかる屈辱の焔で鍛えあげたこの鋼でもって、いざわたしが父上を――。なぜおとめになられます。いかなる理由があろうと、陛下に剣を向けてはならないと？　ならば御身の潔白は、曇りなきその鮮血を散らすことで明かされるおつもりですか」

短剣を握る手を背にまわし、じりとあとずさる。

「いいえ。お渡しするわけにはまいりません。たとえわたしの王位継承権が剝奪されようと、あなたの命に代えることなどできようはずが――」

緊迫感に満ちた余韻が、がらんとした客席の隅々までたどりつく。

それを待って、ディアナはふうと息を吐きだした。満点とはいかないが、なんとか破綻なく終わりまで続けることができた。

おそるおそる反応をうかがうと、

「あら」

「なかなかいいじゃないか」

「そうね。潔癖さと裏腹の残酷さが絶妙な感じ。座長はどう？」

「たしかに独特の雰囲気があるな。これなら使えるかもしれない」

総じて好感触のようで、ディアナは喜びとともに胸をなでおろす。

しかし気になるのは芝居の全容である。なにしろあまりに台詞が不穏すぎた。

ディアナはいそいそと舞台に身を乗りだし、座長に訊いてみた。

「あの。いま演じたのって、実在の王子なんですか?」

「そんなところだな。もちろん脚色はしているが」

「そうですか……」

「ともあれ参考になったよ。邪魔して悪かったな」

「いいんです」

　はっきり誰と教えてくれないあたり、どうもはぐらかされたようだ。

　座長たちはなにやら侃々諤々(かんかんがくがく)と相談を始め、ディアナはやや釈然としない気分ながらもおとなしく舞台を離れた。すると視界の奥――入口近くの桟敷席で、ルイサがひらひらと手をふっている。ディアナは箒をひきずりながら、そちらに足を向けた。

「聴いてたの?」

「たまたまね。案外さまになってたじゃない」

「ほんと?　そんなに惚れ惚れした?」

　ルイサは決して意地が悪いわけではないが、ディアナに対抗意識があるせいか、なにをするにもこれまで手放しで称賛するようなことはなかったのだ。

「……べつにそこまで褒めちゃいないったら。王子があんたのはまり役になれば、あたしと方向性がかぶらなくて万々歳ってだけのことよ」

「はいはい。そうよね」

ディアナはにやにやしながら、ルイサの隣に腰をおろした。

「その王子なんだけど、さっきのあれはどういう役柄なの？　ラングランドの史実を大胆に改変した、ほぼ架空の王族？」

「そうじゃないわ。逆よ」

「逆って？」

ルイサはしまったというように視線を泳がせたが、

「演じるならどうせ知ることになるし、かまわないわよね」

そうひとりごち、心を決めたようにディアナに向きなおった。

「あのね、うちの座長たちが準備を進めてるのは、異国の歴史劇をよそおった、現王批判の芝居なのよ」

ディアナは目をみはる。

「それってインダルフ王のこと？」

「そう」

「ならあの王子は」

「ヴァシリス王太子よ。言い争いの相手は、亡くなられた先の王妃さま」

その意味が遅れて脳裡に浸みこみ、ぞくりとする。

ディアナは我知らず声をひそめ、

「だったら実際にああいうやりとりがあって、ウィレミナ妃は不義の疑いを晴らすためにみずから命を絶たれたっていうの？」

「どうもそうらしいわ。もちろん極秘裡に処理されたことだから、宮廷でも知る人ぞ知る秘密だそうだけど」

「つまり疑心にとらわれたインダルフ王の愚かさを、広く市民にも知らしめるのが芝居の目的？」

「まあね」

「でも異国を舞台にして、どんなふうにほのめかすの？」

「そこは王都の情報通なら、ぴんとくる設定にしておくのよ」

いったいどういう絡繰り（からくり）だろうか。ディアナが先をうながしかけたとき、

「おれにもぜひ詳しく教えてほしいな」

いつから聴いていたのか、興味津々に割りこんできたリーランドが、ひらりとうしろの席に腰かけた。

いたずらの種をみつけた少年のように、期待にきらめくまなざしを向けられて、ルイサが急にどぎまぎとする。

「あなたにも？　うまく説明できるかしら」

「できるさ。きみは新入りのおれたちに、ここでのやりかたをわかりやすく教えてくれた

じゃないか。すぐに馴染めたのはきみのおかげだよ」

「そんなこと……」

勝ち気なルイサが、頬を染めて恥じらっている。

ディアナは少々しらけつつ、続きを待った。

「ええとね、つまり密通を疑われた相手――マルカム伯はインダルフ王の乳兄弟で、親友でもあったのよ。その伯が幼なじみとして陛下に紹介したのが、侯爵令嬢のウィレミナ妃だったわけ。だから三人は若いころから親しくて、陛下のたっての望みで結婚にこぎつけたそうなんだけど、本当にただの幼なじみだったのかはちょっと怪しくて……」

「ははあ」

片眉をあげたリーランドは、いち早く裏を察したらしい。

「そもそも陛下は親友の想い人を見初めたあげく、王の身分をかさにきて妻にしたのかもしれないわけか」

「真相はわからないけど、国王に求婚されたら普通は断れないから」

たしかにウィレミナ妃の想いが誰に向けられていたにしろ、インダルフ王の不興を恐れれば求婚に応じないという選択はないだろう。

その王にしても、わずかにしろ横恋慕のうしろめたさをおぼえていれば、疑心はいつ芽生えてもおかしくなかったのかもしれない。

「それでも表向きの親しさは変わらなくて、ヴァシリス王太子の剣術指南役をマルカム伯が務めていたくらいなのよ。でも結果的にはそれが悪かったのかもね」

ふと気になり、ディアナは訊いてみた。

「そのマルカム伯はどうなったの？」

「ウィレミナ妃が亡くなってまもなく、みずから戦地に赴いて討ち死にしたそうよ」

「まさか……」

「まるで死を覚悟したような、捨て身の戦いぶりだったらしいわ」

「王の疑心が、救いのない結末を招いたのね」

ディアナは暗澹たる心地でこぼす。

リーランドも納得したように、

「三者のなれそめから死の順序までをなぞった芝居なら、ウィレミナ妃の死の経緯を示唆していることがおのずと知れるわけだな」

「たしかに演じがいはありそうだけど」

「それが迫真の演技なら、観客に与える影響も馬鹿にならない」

ディアナは不安に瞳をくもらせた。

「国王に対する反感が強まれば、王都の治安が悪くなったりもするかしら」

「それ以上に気になるのはヴァシリス王太子の地位だな」

「ウィレミナ妃の自死は命を賭した抗議かもしれないが、真の意味で不義の疑惑を払拭できたとはいえないだろう」

「それってどういう……」

その疑惑がヴァシリスの地位を脅かすのだとしたら——。

ディアナは息を呑み、くちびるをふるわせた。

「王太子はマルカム伯の息子かもしれないっていうの？」

「それはもはや誰にもわからないが、だからこそ疑いの余地は残る」

リーランドは難しい面持ちで、ルイサをうかがう。

「座長たちの真の狙いは、その懸念を植えつけることにあるのかい？」

「……というより海軍卿のね」

ルイサはやや気まずげに声をひそめた。

「あたしたちも後援者の意向には逆らえないのよ」

「もちろんわかるよ。それでも与えられた条件で、できるかぎり最高の芝居をしてみせるのが、役者の矜持ってものさ」

秘密を共有する笑みで、リーランドは片目をつむってみせる。

ルイサもそれでいくらか気が楽になったのか、

「みんなそう考えてるはずよ。まるきりの嘘を垂れ流すわけでもないしね」

それゆえ当然ながら、対立する王太子派は危機感をいだくはずだ。妨害工作でもされるのではないかと、ディアナは心配になる。

「本当に上演しても大丈夫なの？」

「舞台が異国なら言い逃れはできるから。なんにしろやるしかないわよ」

ルイサはさばけた仕草で肩をすくめ、腰をあげた。

「さてと。あたしはそろそろ戻らなくちゃ。あんたも気が乗らないなら、早めに辞退したほうがいいわよ。本番で怖気づかれても迷惑だし」

ルイサらしい釘の刺しかたに、ディアナはぎこちない苦笑をかえした。颯爽と遠ざかるうしろ姿を見送りながら、くたりと背板にもたれてつぶやく。

「悩むところね」

「演ってみたいのか？」

「それはまあ、役柄としては。でも上演にこぎつけたら、王太子派にとってはまずいことになるわよね……」

「疑惑はあくまで疑惑にすぎないけどな」

「真実は誰にも証明できないから？」

「ただ支持は揺らぐかもしれない」

「そこに第二王子派がつけこむ」

「そうだ」

ディアナは口を結び、不穏な胸のざわめきに耐えた。出生をめぐる秘密は、アレクシアと自分の関係ともかさなって、とても平静ではいられない。

「すぐにアレクシアに知らせるべきよね。ヴァシリス王太子が第二王子派に追い落とされたら、ガーランドのためにもならないし」

「たぶんな」

「違うの？」

「いや……」

なぜか煮えきらない反応に、ディアナはとまどう。

リーランドは舞台をながめやり、思案げに問うた。

「おまえ、さっきの台詞を口にしていて、不気味に感じなかったか？」

「不気味にって、あの王子のことを？」

「おれはそう感じた。あれではまるで、みずから母親を自死にうながそうとしているかのようだった。身の潔白を――つまり自分が不義の子ではないことを証明するには、それが唯一の方法だと匂わせていただろう？」

「あたしはそんなつもりじゃ……」

だがあらためて台詞の流れを反芻し、ディアナはぞくりとする。

リーランドの解釈に従えば、少年らしい潔癖さの裏から、おぞましいほどに冷酷な計算が浮かびあがってくる。

「なら王子は我が身の安泰のために、さりげなく母親を操ろうとしたの?」

「彼は肝心なところで、王妃をあなたと呼んでいただろう」

「たしか始まりは母上だったはずだけど」

「母親ならその変化をどう感じる?」

ひとつひとつの台詞を、丹念に練りあげる劇作家の熱心さで、リーランドがたたみかける。

ディアナはけんめいに想像をめぐらせた。

「息子の心が離れかけているとか?」

「そうだ。だから我が子の愛を繋ぎとめるには、母らしい犠牲を払わなければならない」

「それがみずから命を絶つこと? そこまでさせる必要がある?」

「積極的に口を封じるためにはな」

「……え?」

「王妃が感情に任せて、あるいは拷問にかけられて密通の事実を認めでもしたら、王子は王位継承権を剥奪されるどころか、王の恨みを浴びて殺されるかもしれない。だから先手を打ったとも考えられる」

ディアナはこくりと唾を呑みこみ、

「なら不義の疑いは、濡れ衣ではなかったの？」

「拷問では自白を強要させられることもあるからな」

つまり真相はどちらでも変わらない。王子にとっての王妃はすでに、生きているだけで危うい存在に成り果てていたのだ。

リーランドは一段と声を低める。

「自分の未来を妨げる相手は、たとえ肉親であろうと容赦なく死に追いやる。それがあの王子——ヴァシリス王太子の本性なのかもしれない」

ディアナはいまさらながら身をこわばらせる。自分たちは架空の役柄について、理解を深めようとしていたわけではないのだ。

「でも座長は脚色してるって」

「どうだろうな。おれとしては、あの晩の王太子の印象と照らしあわせても、さほど違和感はないが」

ヴァシリスが躊躇なく近侍を刺し殺したさまが脳裡によみがえり、ディアナはたまらず胸許を押さえた。

さきほどの台詞の残響が、遅効性の毒のように胸に閊えて息が苦しい。

リーランドがぽつりとつぶやいた。

「姫さまが心配だな」

ディアナははっとして目をあげる。

「でもあの子を殺したりなんてしないわよね？」

「姫さまのことはな。だが彼女が結婚に消極的な理由が、あの近衛隊長にあると勘づいたら、消してしまうにかぎると考えるかもしれない」

「ガイウスを？」

ディアナは唖然とし、わずかに遅れて気がついた。

「ねえ……たしか向こうの宮廷では、もうすぐ馬上槍試合が催されるのよね。それに大勢の求婚者と、ガイウスも参加するって」

「嫌な予感がするな」

せめて当日までに報せが届けばいいが。

そうつぶやきながら、リーランドは舞台をながめやる。

舞台の熱気とは裏腹に、ディアナの胸は不吉に冷えこんでいった。

なんというざまだろう。

ガイウスはいとも暗鬱な気分で、夕暮れのアンドルーズ邸に帰宅した。

愛馬セルキスを厩舎に曳いてゆこうとしていると、

「兄上！　お帰りになられたのですね」

息を弾ませた弟が玄関口からかけつけてきた。

「ルーファスか。父上と母上もご在宅か？」

「はい」

「ではのちほどご挨拶をしよう」

「いよいよ明日ですね」

「そうだな」

なんのことかは、訊きかえすまでもない。

女王アレクシアの呼びかけによる馬上槍試合が、明日に迫っているのだ。長年の慣例に則り、一日がかりの競技会が催されるのは、旧城壁を背にした城館跡である。

階段状に四方を埋める客席の設営が、しばらくまえから進められていたが、いまごろは参加者たちが集い、酒を片手に交流を深めているはずだった。

嬉々とセルキスの轡を取りながら、ルーファスがたずねる。

「前夜祭には顔をだされないのですか？」

「そのような気分にはなれなくてな」

「大切な明日の対戦に、万全の体調で挑まれたいということですね？　さすがのお心がけです！」

「買いかぶりすぎだ」

お祭り騒ぎに加わる心地には、到底なれないだけだ。

明日の試合が、決して負けられないものだからではない。

あの夜会の晩に生じたアレクシアとのぎこちない距離感のまま、近衛隊長としてそばに控えていることに耐えられそうにないためだ。

そもそもあれからは、ふたりきりで言葉をかわす機会もなかった。ここ数日は副隊長のダルトン卿に護衛を任せており、まともに顔をあわせてさえいない。

近衛隊からの参加者がそろって初戦で敗退しては格好がつかないため、しばらく鍛練につきあいたいと願いでたのだ。

みずから望んでおきながら、アレクシアに従うダルトン卿の姿にすら、身の裡の焼け焦げるような動揺をおぼえずにいられないとは、もはや始末に負えない。

しかしそばにいたらいたで、あの悲痛な訴えが耳から離れないのだ。

あんなことを言わせてはならなかった。女王は自分なのだと、あえて主張しなければならないほどに、追いつめてはならなかったのだ。

誰よりガーランドの未来を憂い、誰より善き君主たらんとおのれを律しているアレクシアだからこそ、きっと誰よりあの言葉に傷ついていた。

ともに苦しみを背負おうなどと、とんだお笑い種だ。

いまや自分こそが、その苦しみの源泉になっているというのに。

「士官学校は競技会の噂で持ちきりです。身内が参加する予定の生徒もいますが、きっと兄上が決戦まで勝ち残られるものと、もっぱらの評判ですよ」

誇らしげなルーファスに、悪気がないのはわかっている。しかしガイウスはたしなめずにいられなかった。

「下馬評は当てにならないものだ。あまり騒ぎたてては陛下のご迷惑になるぞ」

「そうなのですか？　わたしはてっきり、女王陛下も兄上の勝利をお望みなのかと」

「陛下のお望みは、明日の試合を他愛のない余興として、穏便に終わらせることだ。誰にも恥をかかせることなくな」

「恥を」

「ただでさえこの手の勝負は遺恨を生みがちなものだ。勝つにも負けるにも不名誉な風評が広まれば、とりわけ身分の高い賓客にとっては影響が甚大だし、そもそもが陛下の責任ということにもなりかねない」

「……なるほど」

ルーファスは神妙にうなずき、

「そこまでは考えが及びませんでした。やはりわたしは未熟者ですね」

悄然とうなだれるさまに、ガイウスは表情をゆるめた。

「そう気落ちすることはない。おまえだって日に日に成長しているさ。ことに父上の副官として立派に挙兵を支えてからは、言動におちつきが増してきたようだ」

「本当ですか？」

「ああ。大人の責任というものを、身を以て学んだようだな」

「はい。まだまだですが」

恥じらいながらも嬉しそうなところは、いつもの弟らしくほほえましい。

そんなルーカスを励ますように、ガイウスは肩に手をまわした。

「その調子で焦らずに学んでいけばいい。おまえがいてくれれば、アンドルーズ家も安泰だ」

「兄上」

さすがになにかを察したように、ルーカスがまじまじとこちらをみつめかえす。やはり頼もしい成長ぶりだ。

「まさかそれは、もしものときのことを？」

「そうだな」

おだやかに認めると、ルーカスは我慢ならないように抗議の声をあげた。

「兄上が負けるなんて、絶対にありえません！」

「勝負に絶対はないさ」

ガイウスはセルキスの鼻面をなでてやりながら、

「それにただの落馬でも、打ちどころが悪ければ命を落とすこともある。武人は常に死と隣りあわせだということを、おまえも忘れてはならない」

「それは、そうかもしれませんが――」

ルーファスがもどかしく声を詰まらせたときである。

「勝手に覚悟を決められても困りものね」

冷めた非難が投げこまれ、ふたりは玄関口をふりむいた。

いつのまにやら母コルネリアが、立ちつくす兄弟に呆れるような咎めるようなまなざしを注いでいる。

「ルーファス。しばらくあなたの兄を借りてもよいかしら？」

「ど、どうぞご存分に」

丁重な母のくちぶりに、ただならぬ不穏さを嗅ぎとったのだろう。ルーファスはセルキスを連れ、そそくさと離れていく。

「ガイウス。久しぶりに庭をひとめぐりするのはどうかしら？」

「……おつきあいいたします」

しずしずと屋敷の裏手にまわるコルネリアに、ガイウスはぎこちなく続いた。

母が庭園に誘ったのは、なにも美しい花を愛でるためではないだろう。季節柄ほとんど花は咲いていない。それでも丹念に手入れのほどこされた小道を進みながら、コルネリアはおもむろにきりだした。

「陛下から難しい務めを承ったようね」

「強いられたのではなく、わたしが望んだのです」

「それが窮地を切り抜けるための、最善の策だから？」

「はい」

「……まったく」

コルネリアは足をとめ、嘆息する。

「あなたという子は潔いのか、卑怯なのか」

のっけから核心に踏みこまれ、ガイウスはたじろいだ。

なにもかもを見透かすまなざしで、コルネリアがふりかえる。

「それで陛下のお苦しみを肩代わりしたつもり？」

「そのようなことは……」

「にもかかわらず、あなたはそのお心を慰撫しようともせず、おめおめと逃げだしてきたわけかしら」

ガイウスはたまらず目を伏せた。

「……はい」

「始末に負えないわね」

「かえす言葉もありません」

忸怩（じくじ）たる面持ちでうなずくと、コルネリアは夕暮れの庭に視線を投げかけた。

「では悩める胸の裡を、眠る草木に吐きだしてみたらどうかしら？　そんな心持ちのままでは、大切な務めにもさしつかえてよ」

情けないかぎりではあるが、たしかにこの心の乱れようでは、明日の戦いぶりにも不安をおぼえずにいられなかった。

不毛な煩悶を吐露できる機会は、いましかない。それを沈黙する庭に向けてうながしたのは、母なりの気遣いであろう。

それでもなにをどう伝えるべきか、ガイウスは心の暗がりから独白の言葉をつかみとるべく、小道の先に目を凝らす。そこには連なる錬鉄のアーチに、蔓薔薇（つるばら）がからみついていた。冷え冷えとした、鋭い棘（とげ）だらけの蔓だ。

ガイウスは絞りだすようにささやいた。

「わたしはまるで、姫さまのおそばにはびこる荊（いばら）のようなものなのです。姫さまをお守りしたいと望めば望むほどに、あらゆる意味であのかたを苛むことになります」

愛おしさのあまりにかきいだけば、無数の棘が柔らかな肌に喰いこむように、さまざまな苦しみをもたらす。

そうとわかっていて、かけがえのない想い人を気取り続けるのは、はたして正しいことなのか。

「ガーランド女王としてふさわしい結婚を意識することを、姫さまにうしろめたく感じさせる存在と成り果てているのなら、もはやわたしは害悪でしかありません」

主君にそのような苦しみを強いるなど、臣にあるまじきことだ。

親密な仲を隠さねばならないことで、すでに要らぬ心労を負わせているし、その危うさが現実に悪影響を及ぼし始めてもいる。

そのなにもかもを、自分が腕をほどくことで終わらせることができるのだ。

「だとしても」

コルネリアはおちつきはらって反駁した。

「女王陛下が望んであなたをそばにおいているかぎり、そのことで生じる結果におのれで始末をつけることこそが、あのかたの責務です。にもかかわらず、愛しいかたを苦しませたくないというあなたの望みを優先させては、むしろ相手の意志をないがしろにしているも同然ですよ」

アレクシアを追いつめたのは、気遣いの仮面をかぶったその独善だ。

本当に、心得違いもはなはだしい。

「ではわたしはどうしたら」

年甲斐もなく、ガイウスは迷い児のようにつぶやく。

そんな息子に、コルネリアはためらうことなく告げた。

「まずは立派におのれの務めを果たしなさい。それからあらためて語りあいの機会を持てばよいのです」

「……なるほど」

アレクシアとのこじれた仲を修復するために、ともかくも明日の勝負に集中する。

そう考えれば、荒れる心がみるみるまに定まった。

あまりの単純さになかば拍子抜けしていると、

「それにしてもあなた、そのなりで自分を蔓薔薇に譬えるなんて、大胆にもほどがあるのではなくて？」

「え？」

コルネリアの示唆を理解するなり、ガイウスは赤面した。

「わ、わたしはなにも、薔薇の花に自分をなぞらえたつもりは——」

しどろもどろの釈明には取りあわず、コルネリアはずいと身を乗りだした。

「よいこと？　むしろあなたの役割は、蔓薔薇が安心してその身を任せられる、頼もしい支柱になることでしょう」

　ガイウスはめんくらいながら、

「つまり姫さまこそが蔓薔薇だと？」

「そうですとも。女王陛下おんみずからが、咲き誇る花と鋭い棘でガーランドを鎧うことができるよう、巻きつく棘の痛みに泰然と耐えてこそ、真にあのかたをお守りしているといえるのではなくて？」

　そう言い残し、コルネリアは来た道をひきかえしていった。

　夕闇に沈みつつある冬の庭で、ガイウスはひとり考える。

　たしかにアレクシアは薔薇の苗木のようなものだ。心の準備もままならぬままに、女王として咲き誇ることを求められ、おのれの棘にも怯えずにいられない。

　だからいまのアレクシアに必要なのは、もはや光に寄り添う影ではない。些細な痛みには揺らがない、強靭な樹幹こそが求められている。

　その覚悟ができなければ、いずれ終わりのときがおとずれるだろう。それもアレクシアに取りかえしのつかない傷を負わせるかたちで。

「負けられないな」

　明日の勝負にも、そして過去の自分にも。

　王女とその護衛官として、甘い夢見心地に戯れるだけでは、もはや飽きたらない。

いまこそ変わらねばならず、変わりたい衝動が、裡から満ちてくる。

それにしても——。

アレクシアを蔓薔薇に譬えるとは、秀逸すぎて困りものだ。

一糸まとわぬしなやかな肢体が、花弁のような爪をたてからみついてくる——そんな淫らな空想がふくらみかけて、ガイウスは慌ててかぶりをふる。

「水垢離でもするか……」

なんというざまだろう。

天高く、澄みきった冬の陽に祝された競技会の熱気とは裏腹に、アレクシアの心は沈んでいた。

結局ガイウスとは、話らしい話もしないままに、この日を迎えてしまった。

「そうご案じになることはありませんよ。ここまでもガイウスさまは、順調に勝ち抜いてこられたではありませんか」

そばに控えたタニアが、励ますようにささやく。

「素人目ながら、ガイウスさまの技量は群を抜いているように感じられますし」

「それに誰よりおちついて、試合に集中できてもいるようだ。これだけ期待を集めている状況で、さすがというほかないな」

そう続けたのは、同じく上段の貴賓席に座したアシュレイである。

たしかに前半戦におけるガイウスの戦いぶりは、文句のつけようのないものだった。

一騎討ちの勝ち抜き戦は、当日まで対戦相手が伏せられていたが、ここまでの四戦ではいずれも一撃で相手の槍や楯を弾き飛ばしている。

武器は木製の騎槍(きそう)のみ。先端に王冠状の被(かぶ)せものを取りつけた槍を主催が用意し、競技者が騎乗してから手渡すという徹底ぶりだが、それでも当たりどころが悪ければ大怪我につながるかもしれない。

なにしろ対戦者はおたがいの正面から馬を駆けさせ、すれ違いざまに長い槍を繰りだすのだ。うまくかわせずに眼球がつぶれたり、勢いあまった落馬で後遺症をわずらうことも決して稀(まれ)ではない。

ここまでに落馬した半数近くの参加者たちは、いずれも骨折などの重傷は負わずにすんだようだが、衝撃でしばらく身動きのできない者もおり、そのたびにアレクシアは生きた心地がしなかった。

それだけに武具のみを奪い、有無をいわさず対戦を終わらせるというガイウスの決着のつけかたは、いかにも女王の近衛隊長らしい洗練ぶりだと、試合をかさねるごとに評判をあげている。

しかし昼の少憩を挟み、いよいよ腕のたつ騎士ばかりがそろってきた。

北と南のふたりの王太子——ヴァシリスとレアンドロスも、それぞれに危なげなく勝ち残っている。もしもヴァシリスが次戦を勝ち抜けば、その先の準決勝にてガイウスと戦うことになるはずだった。

予期した状況が刻々と迫りつつあることに、アレクシアの不安もいや増してゆく。

次なる対戦の準備を待ちがてら、アシュレイがたずねた。

「ガイウス殿となにか話したのかい？」

アレクシアは力なくかぶりをふる。

「なにも」

「てっきりわだかまりは解けたのかと」

「声をかけようとはしたのだが……」

「言葉がみつからなかった？」

アレクシアはうつむき、押し殺すようにささやいた。

「いったいどの口でなにを告げればいい？　まるで暴君のように、女王の権威をふりかざしておきながら」

「あれは暴君というより、迷い児のようだったよ。いまにも泣きだしそうな」

「それはひどいな」
できそこないの笑いに、アレクシアは目許をゆがませる。
「そんな女王が統べる国など、早晩に亡びる」
「きみは自分に期待をしすぎているだけだよ」
「たかが宮廷の催しひとつとして、望むがままに決められないのに？」
「それこそ暴君ではない証さ。きみは充分に上手くやっているよ。だからぼくたちもつい
きみに甘えてしまう」
「甘える？」
「どんな難題でも、きみなら真摯に耳をかたむけてくれる。その確信があるから、こちら
も躊躇なく持ちこめるんだ」
「それはあたりまえのことだ」
「そうでもないのさ。凶報をもたらした使者が、激昂した王に斬り捨てられるなんていう
理不尽はざらにあるだろう？　臣がそれを恐れるようになることこそが、終わりの始まり
だよ」
アレクシアはたまらず頬をこわばらせた。その陥穽はいまや、みずからを脅かすものと
して感じられてならない。
「アシュレイ。もしもわたしがおかしくなりかけていたら、そのときはどうか――」

「臆せずに進言するよ。そもそもぼくは、いつきみに斬り捨てられてもかまわない覚悟はできているんだ」

「なぜ？」

「答える必要があるかい？」

亡きグレンスター公の嫡男として、かつてアシュレイはアレクシアのすべてを奪おうとしていたのだ。

「でもそれはきみの望むところではないね」

「当然だ。そなたはまがりなりにも従兄なのだし」

「まがりなりにもね」

苦い笑みを頬によぎらせ、アシュレイは続ける。

「だからぼくはきみから逃げないよ。ぼくがグレンスター公を名乗るかぎり、女王の従兄という立場はどうせ一生ついてまわるんだ。だからきみがどんなにだめになっても、ぼくはきみを見捨てないよ」

「死なばもろともか」

「そんなところだね」

「嫌な言葉だな」

アシュレイはさもおかしそうに笑いをこらえる。

「こんな従兄しかいなくて気の毒だけれど。いまのきみはガイウス殿ではなくて、ぼくにそれを望んでいるだろう?」

「ガイウスは……」

アレクシアはくちごもり、絞りだすように伝える。

「ガイウスとは、いつまでこうしていられるかもわからないから」

アレクシアに縛られることを、ガイウスが望まなくなるか。

あるいはこちらが望むことを、状況が許さなくなるか。

想像するだけでも、無数の骨が押しひしがれるような、身の裡の痛みに襲われる。

そんなアレクシアを見遣り、アシュレイがまなざしをやわらげた。

「それだけ大切な存在なんだね」

「彼を失うのは耐えがたい。けれど彼を苦しめたくもない」

「でもきみが考えるより、彼は柔でも殊勝でもない気がするけれどな」

「それは——」

どういう意味かと問いかえそうとしたとき、四方の客席から歓声があがった。

見れば態勢を崩した騎士が地面に投げだされ、試合の決着がついたところである。

馬首をかえした勝者が、落馬した相手に腕をさしのべる。騎士の手本のようなふるまいで観客を沸かせつつ、兜を脱いだのはヴァシリス王太子だった。

ひらりと下馬したヴァシリスは、正面のアレクシアに向かって優雅に腰を折る。

アレクシアは我にかえり、高くかかげた両手を打ちあわせて称賛の意を伝えた。

同じく手を打ち鳴らしながら、アシュレイがつぶやく。

「これで次は準決勝だね」

つまりガイウスとの対戦が決まったということだ。

微笑を絶やさぬまま、アレクシアは訊いた。

「ふたりの実力を、そなたはどう評する？」

「そうだな……どちらも力押しするほうではないから、一瞬の切れ味の勝負になるだろうけれど、ここまでの集中力を維持できているならガイウス殿が勝りそうだ」

「セルキスもついているしな」

「そうだね」

とっさの身ごなしが勝敗を決するなら、息のあった愛馬とともに挑めるのは有利だ。

「レアンドロス殿下については？」

「あのかたはなにより、相手を薙ぎ払うような打撃力に優れている。その威圧感に呑まれたら、すでに負けたようなものだろうね」

たしかに一撃でかたをつけられなくても、反転して撃ちあううちに生じた隙を容赦なく狙うという、力任せの戦いぶりがめだっていた。

豪快さで観客を大いに湧かせているが、対戦者はもれなく派手に落馬させられているのが気にかかる。そのさまはあえてすぐには殺さず、猫が生きた鼠をなぶるかのような残忍さを感じさせた。

眼下ではまさにそのレアンドロスが、馬にまたがろうとしていた。

いよいよもう一組の準決勝である。

対戦相手は喜ばしいことに、女王の近衛隊に属する青年だ。

アレクシアとしては、ぜひここで勝ち残ってもらいたいが、さてどうなるか。

華々しく喇叭が吹き鳴らされ、草地の左右に陣取ったふたりが、騎槍をかまえて向かいあう。陽光を弾いた双方の胸甲が、目映いばかりにきらめいている。

期待に息をひそめる静けさが、客席を満たしたところで、旗がふりおろされた。

とたんに拍車をかけられた双方の馬が、疾走を始める。

一秒、二秒――そして両者が激突したとたんに、ひとりの姿がかき消えた。

どさりと鈍い音をたて、鞍上から弾き飛ばされた騎士が、地面に叩きつけられる。

客席がどよめくと同時に、アレクシアも息を呑んだ。

微動だにしない騎士を助けにかけつけているのは、近衛隊の面々だ。

そのさまを悠然とながめおろすレアンドロスの手には、折れた騎槍が残されている。

折れることで致命傷を避けるための木製の槍だが、それでも一撃で使いものにならなくなるとは、打撃の激しさを物語っていた。

兜を脱ぎ、ふとこちらをふりあおいだレアンドロスが、不敵な笑みを浮かべている気がして、アレクシアはどきりとする。

やはり彼は手加減をしていたのではないか。決戦を控え、いざおのれの実力を知らしめてみせたのは、来たる対戦者を怖気づかせるためか。

すると倒れていた青年が、仲間の肩を借りて立ちあがった。

「彼は大丈夫そうだね。しばらく意識が飛んでいただけのようだ」

安堵の息をついたアシュレイに、アレクシアはぎこちなくうなずきかえすことしかできない。

次なる準決勝でガイウスが勝ち残っても、あのレアンドロスと戦わなければならないのだ。かといってヴァシリスとレアンドロスが対戦すれば、どんな結果になるか——。

「陛下。お顔の色が優れませんが」

タニアが気遣わしげに声をかけてくる。

「もしもお辛いのでしたら、お席を外されても……」

「ありがとう。だがわたしが臨席しなければ意味がないから」

そのためにアレクシアは、朝からすべての対戦を見届けている。

参加者にとっては、一世一代の晴れ舞台ともいえる催しだ。勝っても負けても、女王がその戦いぶりを讃えたことは、深く記憶に刻まれるだろう。そう考えれば、おざなりにすることはできない。それにほとんどの参加者もまた観客にまわったいまこそ、アレクシアの一挙手一投足に注目が集まっているはずだった。

「ではせめてこちらで暖をお取りくださいな」

タニアがさしだした香茶には、心をおちつかせる作用があるはずだ。さすがはこちらの心境をよくわかっている。

苦笑しながら茶器に口をつけていると、侍従に耳打ちされたアシュレイが書簡のようなものを受けとっていた。

「ラングランドからの報せだ」

「ディアナたちの？」

「そうらしい」

さっそく封を破ったアシュレイだが、その面持ちはなぜか行を追うごとに険しくなっていく。

「……ヴァシリス王太子のことだ」

「悪い報せなのか？」

「なんとも言い難いな。ただ殿下の動向に気をつけるよう、忠告してきている」

「気をつけるとは？」

「今日の機会に乗じて、ガイウス殿の命を奪おうとしているかもしれないと」

アレクシアは凍りつく。そうした目論見を警戒していたのは、どちらかといえばレアンドロスのほうだった。

「徹底的に打ち負かそうというだけではなく？　なにか根拠があるのか？」

「殿下の告白では、亡きウィレミナ妃はみずから命を絶たれたとのことだったね」

「そううかがった。インダルフ王から不義の疑いをかけられた妃が、身の潔白を証明するために自死を選ばれたと」

「それは殿下のほうから仕向けたふしがあるそうだ」

「仕向けたって……生みの母君にか？」

「王太子の地位を守るためにね」

「そんな」

アレクシアは愕然とした。アシュレイは一段と声をひそめ、

「つまり肉親でもためらいなく排除したのならば、きみとの結婚の障害になるガイウス殿のことも、躊躇なく葬ろうとするかもしれない。そう警戒をうながしてきている」

あらためてヴァシリスの言動を反芻し、アレクシアはぞくりとする。

ヴァシリスは先日の夜会でも、芝居の演出にかこつけてアレクシアたちの仲をほのめかしているようだった。そもそもあのお忍びも、ふたりの親密さを見極めるためだったので

自分が心の望みに従い、危ない橋を渡ろうとしたことが、ガイウスを死に誘うかもしれないなんて。

「わたしのせいだ……」

はないか。

そしてアレクシアは恐ろしい可能性に気がついた。

「アシュレイ。だとしたらヴァシリス殿下は、ガイウスと正攻法で戦うともかぎらないのではないか？」

「考えられるね」

「いますぐガイウスに知らせなければ」

「だめだ。もうふたりとも騎乗している」

たしかに双方すでに準備を終え、喇叭の音を待つばかりである。

「だがひそかに槍先を替えられていたらどうする！」

たまらず腰を浮かせたアレクシアの袖を、アシュレイがつかむ。

「アレクシア。動揺をあらわにしてはいけない」

「そんなこと――」

どうでもいい。誰が訝しもうと、怪しもうと。そう叫びかえしてアシュレイの手をふり払うことが、アレクシアにはどうしてもできなかった。

「ここはガイウス殿の技量を信じよう」

かさねて諭され、アレクシアは腰をおろす。

けれどもはや自分が、そこに存在している気がしなかった。

呼吸も忘れ、ただまなざすだけのものとなって、狼(おおかみ)の紋章を描いたアンドルーズ家の楯を追いかける。

高らかな喇叭の音。割れんばかりの声援。演舞のように交錯した騎馬は、たがいの攻撃を受け流し、反転して対峙する。

そしてふたたびの交錯の刹那——撥ねあげられた騎槍が宙を舞い、勝負は決した。

槍を弾き飛ばされた勢いで、危うく落馬しかけたのはヴァシリスのほうである。しかしすんでのところでこらえきってくれた。

やがて下馬したふたりが握手をかわす。とたんに称賛の歓声が、うねる大波のごとくに客席を覆いつくし、あふれて旧城壁の底になだれこんだ。

「ラングランドからの警告は、どうやら杞憂だったようだね」

アシュレイの耳打ちで、アレクシアはようやく息を吹きかえす。

その光景をまのあたりにしていながらも、問わずにいられない。

「ガイウスは無事なのか？」

「そうだよ」

アシュレイが高揚ぎみにうなずいてみせる。

「残すは決勝戦のみだ。この調子ならきっと勝ちきれる」

その決勝戦に備えるためか、すでにガイウスの姿は消えている。

人群れを追うアレクシアの視線に気がついてか、

「ガイウス殿に伝えておきたいことがあるなら、遣いを向かわせようか？」

アシュレイがさりげなくたずねるが、アレクシアは首を横にふった。

「いまは邪魔をしたくないから」

「ならあとで話をしたらいい。ふたりきりでじっくりと」

「そうするつもりだ」

ガイウスが命がけの務めを果たそうというときに、わだかまりを解く努力もせずにいたなんて、愚かなことだった。彼にもしものことがあれば、後悔してもしきれない。

もはや勝ちでも負けでもかまわない。

すでに馬上槍試合は、成功裡に終幕を迎えつつあるのだ。

深刻な怪我人はおらず、卑劣な反則技などで遺恨を残すこともなく、ふたりの王太子もガイウスも地位にふさわしい成績を残して、それぞれの国の面子も保たれた。

あとはもう、無事でいてくれたらそれでいい。相手が相手だけに、切実にそう祈らずにいられない。

するとタニアが注意を惹いた。

「陛下。ヴァシリス殿下がおいでです」

我にかえると、胸甲を身につけたままのヴァシリスが、貴賓席の階段をのぼってくるところだった。すべての対戦を終え、決勝戦が始まるまえにとアレクシアに挨拶をしにきたらしい。

不穏な忠告が脳裡をよぎるが、アレクシアはにこやかに立ちあがり、ヴァシリスの健闘を讃えた。

「洗練された身ごなしでは、殿下が抜きんでておいでのようでした。繰りだされる渾身の一撃をさらりと受け流すさまに、幾度も見惚(みと)れてしまいました」

「ありがたきそのお言葉こそが、高価な宝玉にも勝る褒美です」

ヴァシリスは紫苑の瞳に、降参の苦笑を浮かべる。

「しかしやはりあなたの近衛隊長殿は手強かった」

「あの者には地の利がありましたから。そうでなければ、互角の戦いぶりであったことでしょう」

「ですが下馬した彼は、やや息があがっているようでしたから、ともすると万全の体調で臨んではいなかったのかもしれません」

アレクシアはわずかに目をみはる。

「それは……存じませんでした」

「陛下のお気を揉ませたくはなかったのかもしれませんね。——ではのちほど、後夜祭でお会いいたしましょう」

白銀の髪をそよがせながら、ヴァシリスは貴賓席を離れていった。

「どういうことだろう」

アレクシアはタニアたちに向きなおり、

「ふたりとも気がついていたか？」

「わたしはなにも」

「ぼくもガイウス殿の槍さばきに鈍りは感じなかったけれど」

対戦者だからこそ勘づくような、不調の兆しがあったのだろうか。

タニアが寒気をおぼえたように両腕をさすりながら、

「それともいまのが殿下の企(たくら)みなのでしょうか」

「いまわたしを不安にさせることがか？」

だがそれだけで決勝戦から辞退させるわけにもいかないし、ガイウスにはなんの影響も与えないだろう。

三人そろって、妙なおちつかなさをもてあましていたときである。

陽の傾きかけた空に、華やかな喇叭の重奏が投げかけられた。

ついに決勝戦の始まりだ。

観客の盛りあがりは、びりびりと両の鼓膜をふるわせて、もはや自分の声すらまともに聴こえそうにない。

「ガイウス」

アレクシアは誰にも届かぬ声で呼びかける。

騎乗のガイウスが狼の紋章の楯を手にし、セルキスの首筋を撫でておちつかせてやっている。その仕草から、いつもと異なるなにかを読み取ろうとしても、うまくいかない。兜をつけていてはほとんど表情もうかがえず、なにより彼との距離がもどかしい。

観客をかきわけても、大声をあげても、迫る危険を知らせることはできない。

そんな無力感が、熱気とは裏腹にアレクシアの心を凍えさせていく。

「ガイウス」

祈るようにくりかえしたとき、両者が騎槍をかまえ、旗がふりおろされるなり、騎馬が疾走を始めた。左右からまたたくまに接近した二騎が、激突する勢いで交錯する。

そのとき相手の槍をかわし損ね、仰向けにのけぞった態勢をたてなおしたのはガイウスのほうだった。

歓声と悲鳴のどよめきがそこここで逆巻くなか、アシュレイが身を乗りだす。

「変だな。彼なら槍の動きを読んで、かわしきれていたはずだ」

「相手がレアンドロス殿下でもか？」

「勢いに気圧されなければ、充分に対応できるはずだ」

「やはり熱でもあるのだろうか……」

「朝に顔をあわせたときは、平気そうだったけれど」

反転して対峙した二騎が、加速してふたたび撃ちあう。

が——と嫌な音をたててレアンドロスの槍先がガイウスの楯でしなり、ガイウスの槍先がレアンドロスの肩をかすめる。どちらも致命的な打撃ではないが、ガイウスはセルキスにしがみつくようにして落馬を免れていた。

「ガイウスさまが劣勢のようですね……」

タニアが蒼ざめ、アレクシアはつぶやいた。

「ふらつく上体を、自力で支えきれていないんだ」

とにかく尋常ではない。このままでは受け身もとれない危険な落馬をしかねない。

ふたたびの反転。そして上段にかまえたレアンドロスの槍が、ガイウスの喉を直撃せんとしたそのとき。

その槍が空高く舞いあがり、風車のように回転しながら大胆な弧を描いた。

一瞬の静けさののち、地鳴りのような大歓声が沸きあがる。

どちらも落馬はしていない。だがレアンドロスだけが騎槍を失っていた。

アレクシアは呆然と目をまたたかせる。

「ガイウスが勝ったのか」

「若さまが勝たれました」

あまりに一瞬の逆転劇で、にわかには心が追いつかない。

そこにアシュレイが現実的な声を投げこんだ。

「きみの出番だ。勝者に褒美を授けないと」

「――そうだった」

勝者には主催のアレクシアが褒美として、祝福のくちづけを与える段取りになっていたのだ。アシュレイの導きに従い、タニアに外套の裳裾を捧げ持たれながら、アレクシアは仮設の客席を降りてガイウスのもとに向かう。

渦巻く歓声のただなかで、地に片膝をつき、頭を垂れたガイウスの姿だけが、静謐な光に照らしだされているかのようだ。裾をからげてかけつけて、誰の目もはばからずにだきしめたい衝動にかられる。

それでもなんとか女王らしい足取りで、ガイウスの正面までたどりつく。

「アンドルーズ家のガイウス。そなたの敢闘なる戦いぶりを讃え、ささやかながらガーランド女王アレクシアより祝福を与えます」

「……ありがたき、幸せに存じます」

かすれた声がひどく痛々しい。アレクシアもまた、喉がひきつるような不安をおぼえながら、命じた。

「頭をおあげなさい」

汗ばんだ額にくちづけるため、ガイウスに両手をさしのべる。しかしその肩はぐらりとかしぎ、まえのめりに倒れこんで蒼白(そうはく)の片頬をさらした。

「……ガイウス？」

アレクシアは呼びかける。

しかしいつまで待っても、そのささやきにガイウスが応じることはなかった。

本作品は書き下ろしです

女王(じょおう)の結婚(けっこん)（上）ガーランド王国秘話(おうこくひわ)

2023年2月10日　初版発行

著　者　久賀理世(くがりせ)

発行所　株式会社　二見書房
東京都千代田区神田三崎町2-18-11
電　話　03(3515)2311［営業］
03(3515)2313［編集］
振替　00170－4－2639

印　刷　株式会社 堀内印刷所
製　本　株式会社 村上製本所

二見サラ文庫

本作品に関するご意見、ご感想などは
〒101-8405　東京都千代田区神田三崎町2-18-11
二見書房　サラ文庫編集部　まで

ISBN978-4-576-23000-9
https://www.futami.co.jp/sala/